講談社文庫

チマチマ記

長野まゆみ

講談社

チマチマ記　目次

Contents

チマチマ記

宝来家の人々

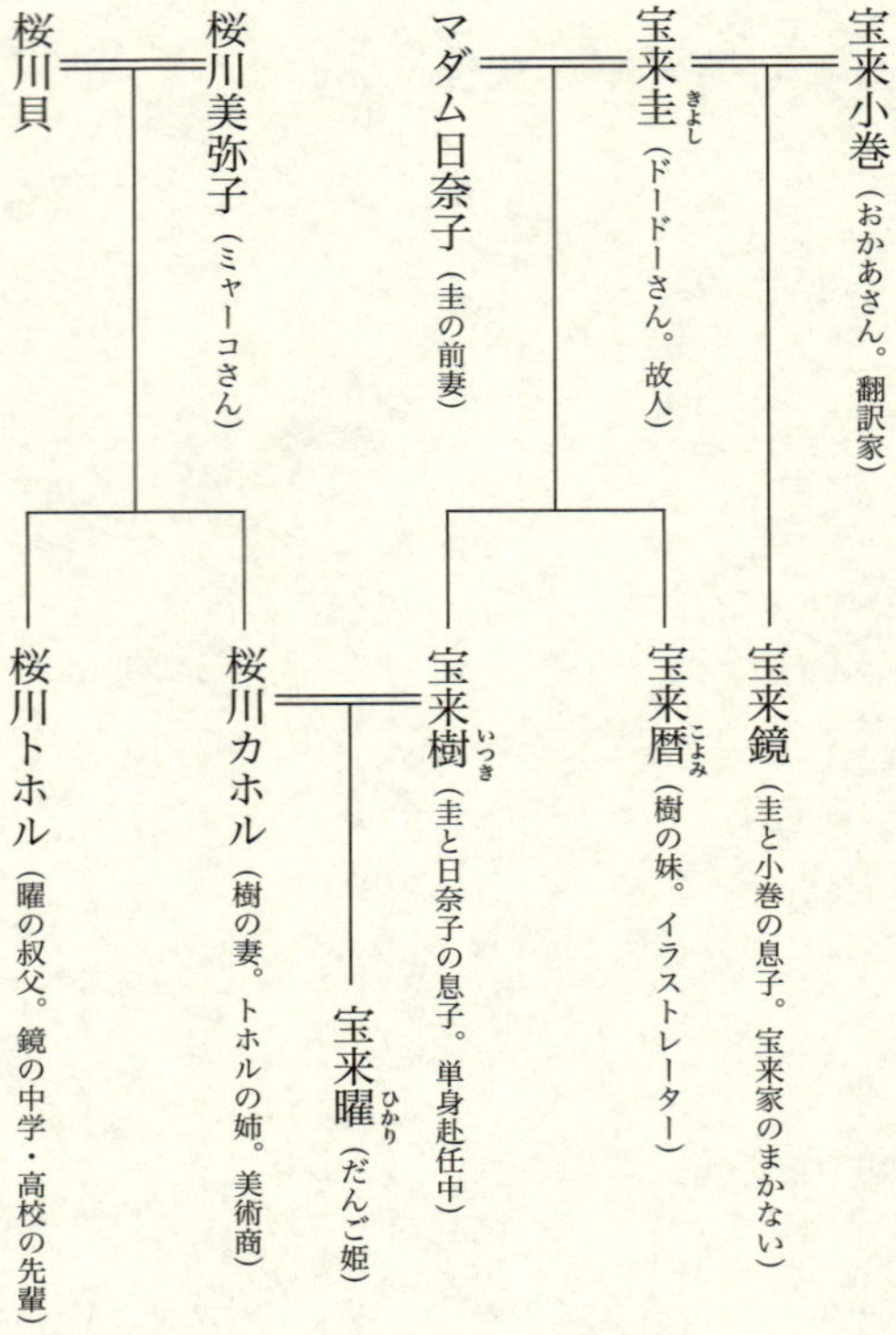
宝来小巻（おかあさん。翻訳家）
宝来圭《きよし》（ドードーさん。故人）
マダム日奈子（圭の前妻）
桜川美弥子（ミャーコさん）
桜川貝
宝来鏡（圭と小巻の息子。宝来家のまかない）
宝来暦《こよみ》（樹の妹。イラストレーター）
宝来樹《いつき》（圭と日奈子の息子。単身赴任中）
宝来曜《ひかり》（だんご姫）
桜川カホル（樹の妻。トホルの姉。美術商）
桜川トホル（曜の叔父。鏡の中学・高校の先輩）

1. Early Spring

朝ごはん

鶏ごぼうのりんご炊きあわせ
しらすぼししふりかけブロッコリー
玄米ごはん

おじいちゃんの名前が太巻《たまき》で、おかあさんが小巻《こまき》なので、ぼくはチマキと呼ばれることになった。

小巻おかあさんは翻訳業のかたわら、雑貨屋のテコナさんがつくるフリーペーパーに「コマコマ記」という人気のコラムを連載している。だから、ぼくもまねをして

「チマチマ記」を書いてみようと思う。

はじめに、

おじいちゃんとぼくの出逢いから。

雪のふりだしそうな寒い夕暮れだった。八十路《やそじ》のおじいちゃんはもうめったに手伝わない家業の〈松寿司《まつずし》〉の配達を、近所ならばとひきうけた。寿司といってもニギリではなく仕出し料理と弁当が専門の松寿司は、法事や宴会などがかさなると配達の人手がたりなくなる。

だいぶまえ、大将を息子のつくねさんにゆずって引退したおじいちゃんは、おなじみさんの配達にかぎって助っ人する。なんだか無性に、あんたのとこの穴子寿司がたべたくてねえ、と卒寿のごいんきょさんに云われたら、若輩《じゃくはい》のおじいちゃんは出かけないわけにはいかなくなる。

そのかえり道、おじいちゃんはまっすぐ家へ向かわずに横道へそれた。大好物の蒸し豆腐を食べに、ちょっとだけ〈うきよ船〉に立ちよるつもりだった。ほんとうはそっちのほうが目的で、ごいんきょさんへの配達はつごうのよい口実だったのだ。

蒸し豆腐は、卵をあまり食べてはいけないことになっているおじいちゃんには、とってってとろとろにして、それをお碗にもりつけて湯気のたつセイロにいれる。蒸しあがったら、お酒をふりかけて熱々のところを、ふうふう云いながらたべるんだ。わさびをのっけてもいい。

ごくらく豆腐って呼ぶひともあるくらい、寒い晩にはとびっきりのごちそうだ。おじいちゃんは、家のひとたちにナイショで、それをこっそり楽しもうと思っていた。うきよ船は、おじいちゃんが席につけば、だまっていても蒸し豆腐がでてくるありがたい店なのだ。

いそいそとのれんをくぐろうとしたときのこと、歳のわりに目のよいおじいちゃんは、そこでうっかりぼくたちを見つけてしまった。路地に立てるあんどんと地面のあいだに十センチほどのすきまができる。前の晩から、ぼくと弟はそこを仮りの寝宿にしていた。

あんどんの電気ですこし温もりがあるし雨よけにもなり、灯台もとくらしのことわざどおり、ちょうどよくかげになっている。かいわいでデンデンと呼ばれてハバをきかせる太鼓腹のこわいおじさんににらまれて、ここへ逃げこんだのだった。いっしょにひろわれた弟はノリマキと呼ばれることになった。

名前で察しがつくとおり、ぼくは耳がとんがって（前から見ると白っぽくて、端午《たんご》の節句のチマキみたい）、その耳が焼きプリンのキャラメル色のマーブルで、目の色はグリーンでもブルーでもないアクア、毛色はだいたいが白っぽいクリームで、おなかのところにひとつだけ、耳とおんなじ色のうずまきになりかかった斑《まだら》がある。

弟のノリマキは鼻の先だけ粉箱に顔をつけてきたみたいに白くて、あとはチョコレートブラウンだ。光のかげんで、ココアパウダーをまぶしたようになる。板場から出てきた大将のつくねさんが、こいつはオハギだな、と云ったけれども、おかあさんはもうノリマキにきめてしまった。

ちなみに、ぼくたちは生まれてからしばらくはマドモアゼル・ロコの家にいて、それぞれマーブル、チョコという名前だった。といっても、ようやく離乳食になったばかりだった弟にはほとんど記憶がないだろうし、ぼくもめったに思いださない。

マドモアゼルとはニューイヤーシーズンの空港ではぐれてしまい、それ以来、弟をつれての放浪生活がつづいた。

迷子になった直後には首輪をしていたけれど（弟はまだ小さすぎて、迷子タグもつけていなかった）、トラックの荷台にまぎれてたどりついた国道ぞいのレストランの駐車場で、そういうビジュのはまった豪勢な首輪をしているとゴロツキに寝首をかかれるぞ、と旅芸人風のおじさんに忠告された。宮殿みたいなデコトラのドライバーと暮らしている。

つれだっていたジョナサン（そう名乗った）は、黒いふさふさの毛があたまのてっぺんに四角く立ちあがったこわもてで、しっぽをささえにして後ろあしだけで立つことができた。

ペットボトルのキャップをはずしたり、未開封のお菓子の箱をあけたりできるほど手先も器用だった。カーオーディオも操作する。介助ザルの訓練をうけたことがあるのだ。さっそく、ぼくの首輪もはずしてくれた。

もしかしたら、おじさんたちはペテン師だったかもしれないけど、どうやら首はつながっている。つぎの町のドラッグストアまでデコトラに乗せてくれたし、ボンレスハムとかぼちゃを食べさせてくれたので、それでいい。

どのみち、首輪があっても、もとの家にはもどれなかった。マドモアゼル・ロコは旅立ちにさきだってマンションをひきはらっていたからだ。おじいちゃんにひろってもらって、ありがたかった。鼻に小さいチョウチンをぶらさげた弟はカゼをひきかけていたので、ほんとうに助かった。

おなかをすかせたぼくたちに、おじいちゃんがふるまってくれたのは、たらのすり身のふわふわ団子だった。たらと山の芋と地粉《じごな》をすり鉢ですって、ふっくらさせたのをスプーンですくって昆布とかつおのだしの澄ましのなかへ落とすのだ。紅いお椀でさましてもらってたべた。

カゼぎみでくたびれはてていた弟は、ふわふわ団子をたべかけにして、おじいちゃんのあったかい腹まくらで眠ってしまった。すっかりくつろいで、口もとは笑っている。

おじいちゃんのところは道具も多いし手ぜまなので、近所で暮らしているおかあさんが呼ばれて、それじゃあ、というのでぼくたちを連れて帰ることになった。おかあさんの家はずいぶん大きくて洋風で、扉がたくさんある。人もいっぱいいるらしく、いろんな足音と声がする。

その晩はバスケットのなかですごした。弟はねむりこけている。ぼくはひとごこちついてバスケットのふたのすきまからそっとのぞいてみた。すると、外からも小娘がのぞきこんでいた。目があったとたん、好敵手だってことがピンときた。

「この子は柿あんこもようだから、チマキじゃなくて笹だんごと呼ぶべきじゃない？」

小娘はエラぶって、だれかに同意をもとめている。ぼくがキャラメル&クリームケーキだと思っているおなかの斑を柿あんこだと云うのだ。味噌あんじゃないところが、この小娘もなかなかひねくれている。

チマキはもち米と米粉でできたお餅を笹の葉にくるんで蒸しあげたもので、あんこははいらない。いっぽう、笹だんごはあんこいりのお餅を笹でくるんだものだ。おかあさんはチマキでいいのだと云った。

ぼくは小娘を、ないしょでだんご姫と呼ぶことにした。三学期が終わって四月がくれば五年生だ。学校へいくならぼくは中学生だから、だんご姫より少しだけおにいさんだけど、このとしごろだと女の子のほうがちょっとだけマセている点をかんがえれば、勝負は互角だろう。

二階へのぼっていこうとする小娘の後ろ姿にむかって「だんご姫」と連呼した。むろん、声にはださない。すると小娘もふりかえって、ハラマキ！　と云った。

敵もさるものだ。

おかあさんは戸だなのなかをごそごそさぐって、ぼくには白いツバキの花が描いてある平鉢、ノリマキには紅いツバキの平鉢をそれぞれごはん茶碗としてあてがってくれた。にゃんの法則では、きれいなごはん茶碗をくれる家のひとは信頼できる。

家のなかは、だいたいどこでもはいってかまわない。ダメなところには鍵がかかっている。そんなに冒険好きではないので、二階にはほとんどいかない。弟はまだ階段をのぼるのに時間がかかる。しかもひとりではおりられない。だから、ぼくたちはたいていは台所か、廊下のつきあたりの小食堂ですごしている。

この家の廊下は、ぼくと弟が遊ぶにはじゅうぶんひろい。板張りで、ところどころに、寄せ木細工の化粧板がはめこんである。それが遠目にはヘビのウロコのように見えることがあって、弟はときどき廊下で固まっている。だるまさんがころんだ、をしているみたいに、後ろあしだけ宙に浮かせたままのことがあっておかしい。

廊下には家をあたためるボイラーと冷蔵庫もならんでいる。アコーディオンカーテンがついた納戸《なんど》のような小部屋がつづく。家事のあいまにちょっとひと息《やす》みをする脚《きゃ》立《たつ》をかねたイスとワゴンテーブルがおいてあるところだ。おかあさんはそこにぼくと弟の寝床をつくってくれた。

この家には、ふだんみんなが食事をする気楽な小食堂とはべつに、長いテーブルをおいた部屋がある。来客があったときに、気どって食事をするところだ。南に窓のひらけたリビングルームととなりあっている。

たくさんのお客さまのとき、ぼくたち兄弟や、だんご姫はおとなたちの領域への

「お出入り禁止」を云いわたされる。お行儀よくしているなら、ちょっとは顔をだしてもかまわない。でも脚ぶらんこやカーテンのぼりは、してはいけない。

だんご姫はお客さまにあいさつをするさい、廊下につくりつけた鏡のまえを通るようにうながされる。ハイソックスをちゃんとのばしてはきなさい、とも云われる。

ひざの折りかえしのところに学校のマークが刺しゅうしてある。ルリハコベとクロスとEのつく聖人の名前を冠した学校の名称のモノグラムなのだが、洗濯をくりかえすうちに糸がほつれてドクロ面があらわれる。彼女はそれを、呪いのマークと呼んで、見えなくなるまでたくさん折りかえして、だし巻き玉子のようにしている。

マークをきらっているのではなく、いざというときに、呪いの効き目がうすまらないようにかくしてあるのだ。どんな場合に、呪力をつかうのかはまだ教えてもらっていない。

このあいだ、そのハイソックスを足首までおろして、紫色をおびたスネのあざをみせてくれた。りっぱな勲章だった。小豆《あずき》といちごの色がまじりあっている。緑色に変色したところもある。実はニセモノの勲章で、さつまいもの皮をこすりつけて肌を赤茶色に染め、さらにボールペンと色鉛筆で手をくわえた芸術作品なのだ。

「はじめはきれいな紫色のあざだったのに、だんだん緑色に変わっちゃうんだ。」

だんご姫は大まじめに悩んでいる。

さつまいものてんぷらが、ときどき緑色になっちゃうのとおなじことだと思うな、と云ってみたけど、だんご姫に通じたかどうかはわからない。

台所には戸だなやひきだしがいっぱいある。ぼくも弟も、そこらじゅうに鼻先をつっこんでかつぶしや乾《ほ》し魚をあさるほどあさましくはない。でも、どこになにがあるかはたいていおぼえた。弟はまだ、自分であけたひきだしに頭から落っこちる。

小食堂のイスに、よく熟《な》れた生地《きじ》の刺し子の座布団をしいたのがある。ひょうたんがあらわれるように藍《あい》染めの濃淡の布をはいである。そこはだれもすわらないので、ぼくとノリマキの定位置になった。おとしまで、おとうさんのイスだった。

名前は圭《きよし》さんで、子どものころから友だちにはドードーさんの愛称で呼ばれた。圭の漢字が土ふたつなのと、どんなときも物おじしない堂々とした人物だったからだ。干支《えと》が午《うま》なので、ハイシどうどうハイどうどう、のドードーでもある。

ドードーさんのイスは、どっしりして、ひじかけがあり、そこに馬の頭のかざりがついている。左がメロスで、右はトロイと呼ばれている。トロイのほうには傷が目立つ。以前この家にいたタツマキというアメショのおじさんがそこで奥歯を研《と》ぐクセがあったのだ。

この家にきて、豆アジのみりんぼしを好きになった。ひろわれた翌日にぼくたちのようすを見にきたおじいちゃんが、おみやげにくれたのだ。ほかのみんなも、ごはんにのっけてたべた。

自家製だから、なんのまじりけもなくて小骨もちゃんと抜いてあって安心で、かくべつにおいしい。たっぷりと胡麻《ごま》のふりかかった香ばしいのを、軽く火であぶる。身が熱くなると、ふっくらやわらかくなる。冷ましてもらったのを奥歯でかむ。じゅっと甘じょっぱい脂《あぶら》がにじみだして、口のなかにひろまる。

弟はさいしょのときに、おじいちゃんのごはんのうえにのっていたのをもらったので、それ以来、みりんぼしにごはん粒をくっつけてもらうのが好きだ。けさも、台所にいるマカナイ方のカガミさんにごはん粒をねだりにいった。

いまは出かける人の朝食のしたくが優先だからちょっと待てと云われ、かたほうのかかとを、もうかたほうのつまさきにかさねて、廊下でちんまりとかしこまっている。とおりかかったどこかの粋な紳士に、なかなかおりこうだねえ、とほめられた。

だれだかわからないけれど、目を細めて笑いかけてくる。弟はほめられて得意顔だ。紳士は白銀といってもよい髪の毛を、オールバックにしている。つやつやの大豆の煮豆色をした肌のかんじは東洋のひとだけど、いい具合に洗いこんだネルシャツと、えび茶色の毛糸でかっちり編んだセーターを粋に着こなすあたりは、パリの小路をあるくジャンとかポールであってもおかしくない。だいぶ年配だけれど、ぼくたちのおじいちゃんよりは若い。

おかあさんの家に来て十日ほどたつのに、まだ紹介されていない人物がいるとはびっくりだ。いったいぜんたい何人家族なんだろう。

だんご姫は冷蔵庫のドアによりかかって、単身赴任中の父親と電話でしゃべっている。ぼくは、いまの老紳士がだれなのかを聞きだそうとしたが、ねえ、と云ったとたん、フェルトのまるい学帽をかぶせられた。

あとで。いまは大事な相談のさいちゅうなの、と口をとがらせる。三学期の終業式をまえにした学校の親子面談にだれが出席するのかという話だ。どうやら、だんご姫のおとうさんは代理をたてるつもりでいて、姫はおとうさんに出席してもらいたいと思っているので、いっこうに話がまとまらない。

ぼくたちのおかあさんは、だんご姫にとってはおばあちゃんである。それで彼女の電話相手のおとうさんは、ぼくたちにとってはおにいさんだ。

といっても、このおにいさんは、ぼくたちのおかあさんのほんとうの子どもじゃない。ドードーさんは二度の結婚をして、最初の妻と後ヅレさんとがいた。おかあさんは後ヅレさんで、いまは後家さんになった。

でもこの家ではそういう呼びかたはしないし、後家さんなどというと、たいそうなお年寄りを想像してしまうけれど、おかあさんはまだカンレキというのをむかえていない。

「だけどね、これでも小学生の孫がいるのよ。」

などと打ちあけて、聞いたひとがおどろくのを楽しんでいる。

ぼくが、びっくりぎょうてんしたのは、母屋と棟《むね》つづきのアトリエはいまでも先妻のマダム日奈子《ひなこ》のものであるばかりか、近所の自宅から本人がまいにち通ってくることだ。しかも、アトリエの二階を人に貸している。

七十歳のいまも車は運転するし、ひとり旅も平気で、芝居でも競馬でも酒場でも彼女が思うところのスゴイ男がいればどこへでも出かけてゆく。そんな軽やかでゆかいなマダム日奈子が、実はしまつの悪い迷惑マダムなのか、おかあさんがノンキなのか、ふたりしてタヌキなのかステキなのか、どうにもわからないけれど、ともかくイキなひとたちにはちがいない。

マダム日奈子は、だんご姫のほんとうのおばあさんだが、ふたりは孫と祖母というよりは結社の仲間のように秘密やたのしみやたくらみをわかちあっている。タッグを組んでやりこめる相手は、もちろんマダム日奈子にとっての息子であり、だんご姫のおとうさんである人物だ。いまはターゲットが遠くにいるので休戦中とのこと。

ぼくと弟は、まだその人と逢ったことがない。だんご姫の春休みには、一度もどってくるらしい。名前を樹《いつき》さんという。

電話で、ちょっとだけ話をした。

はじめまして。ぼくがチマキで、弟はノリマキです。小雪がふりだした晩に、〈うきよ船〉のあんどんのしたにいたのを、松寿司のおじいちゃんにひろわれました。……ました（弟も、あいさつのまねをした）。

よろしくな。曜《ひかり》（だんご姫のほんとうの名前）と仲良くしてやってくれ。おもてへは出るなよ。車がけっこう通るんだ。家のなかと庭だけで遊べ。それに、近所にはクマみたいなおやじと、おやじみたいな姐《ねえ》さんがいるから、垣根にちかづくときは気をつけろ。

さばさばしている。たぶん、すごくいい人にちがいない。謎なのは、樹おにいさんの妻、つまりだんご姫のおかあさんがどこにいるのかわからないことだ。どうやら、この家にはいないのだけれど。微妙なことだから、うかうかと人にはきけない。

おかあさんの家にはたたみの部屋がない。というのも、もともとはドードーさんのおとうさんが外国人に貸すために建てた家だからだ。むかしはそういう貸し家がはやったそうだ。

どのくらいむかしかというと、ＢＯＡＣという航空会社があって、そのロゴマークがついたバッグを持って街をあるくのがカッコよかった時代の話だ。

そんなむかしばなしを、ぼくがどうして知っているかと云えば、ジャン＝ポール（もう友だちになったから、さんづけにはしない）が教えてくれたのだ。彼はＢＯＡＣに乗ってロンドンへいったことがあるらしい。

樹さんが小学校へあがるとき、ドードーさんは家主のおとうさんと話しあってこの家に移り住んだ。

「長持ちするものだねえ、」とジャン＝ポールがつぶやく。ドードーさんの座布団に腰かけて、ぼくと弟をひざにのっけている。でも、だれも文句を云わないし、だいいち気づいてもいないみたいだ。

洋風の家だから、とうぜん台所も洋風だ。若鶏を丸ごとローストできそうな大きなオーブンと、火口が四つのガス台があり、窓辺に面した流し台をまんなかにして、ひきだしがいっぱいの戸だながコの字形にならんでいる。

みんなのごはんをつくるのは、カガミさんだ。鏡という漢字が正式だけれど、仰々《ぎょうぎょう》しいからカガミさんと書く。本人はいろいろなところへ、名前のかわりにネギ坊主の絵をのこす。

どうしてネギ坊主なのか、ぼくにはわからない。マイセンの青いお皿のブルーオニオンとよく似たマークだ。王冠のように描いて、頭文字をいれることもある。この家の姓は宝来《ほうらい》なので、カガミさんのフルネームはホウライカガミという。たいへん縁起《えんぎ》のよい名前らしい。

宝来家では、生まれた日の曜日の漢字を名前のなかにいれるならわしになっている。ドードーさんは土曜日生まれだから圭で、おにいさんは木曜日だから樹、だんご姫は日曜日で曜。

ただし水曜日生まれの子がいても、縁起をかついでサンズイの字はつかわない。だから親族に求《ひで》さんや泉《いずみ》さんはいても、江《のぶ》さんや汀《みぎわ》さんはいないのだ。サンズイは宝を流失させると伝わるからだが、先祖のだれが云いだしたのかはわからないし、たしかな根拠もない。

ならわしは、座敷わらしより数段やっかいだ。ドードーさんのおじいちゃんは錦《にしき》というきらびやかな名前で、金《きん》と銀《ぎん》という豪勢な名の姉妹をもち、旭《あさひ》や望《のぞみ》といっためでたい名の兄弟もいるのだが、自分の子には所帯じみた名前ばかりつけた。きっと縁起のよい漢字はすでに家族のなかでつかい尽くされ、ほかに思いつかなかったのだろう。ドードーさんのおとうさんの炊《かしき》さんというのなど、ひとの名前としてはどうかと思われる。それでもおばさんの服《ふく》さんよりはましで、もうひとりのおばさんの鍋《なべ》さんよりはだいぶましだ。

金曜日に生まれたカガミさんは、おかあさんの実の息子だ。鏡という麗《うるわ》しくも魅惑的な文字がよく残っていたと思う。

大学のあいだは東京をはなれていたカガミさんだが、卒業したあとは就職をしないで家のごはん係になった。買いものにもいくし、庭では香味野菜も育てている。

仕事をもっている小巻おかあさんは料理をする時間があまりなく、カガミさんにたよりきりだ。

それに（これはあまり大きな声では云えないナイショ話だけれど）、実家は松寿司という料理屋さんなのに、そこの娘であるおかあさんは料理が得意ではない。

か遺伝しないの。」

「だって包丁も刃物なんだから、もともとは男がふるうものでしょう。才能も男にし

なんて、ひらきなおっている。そのくせ、子どものころからおいしいものをたべて

口はおごっているのだ。

こんなおかあさんでも、友だちを招いてもてなすのが好きなドードーさんの妻がつとまったのは、フーさんのおかげだ。

宝来家には、ドードーさんの子ども時代から住みこんでいる料理人のフーさんというおばさんがいたそうだ。上海《シャンハイ》の生まれで、自家製のシュウマイやギョーザが得意だった。西洋風の家庭料理も見よう見まねで器用にこしらえた。そんなフーさんの手料理を、宝来家ではフー華料理と呼んだ。

ジャン＝ポールもその味を知っているひとりで、好物はフーさんがこしらえてくれた〈ババリヤの揚げパン〉だった。輸入品の発酵《はっこう》バターを惜しげもなくつかったホワイトソースに、乾煎《からい》りしたえびとマッシュルームをくわえる。それを、あらかじめざっくりと焼いておいた全粒粉パンにはさんで、牛乳にくぐらせる。厚みの部分にもしっかりしみこませたら、小麦粉、とき卵、パン粉をつけてフライパンで揚げる。

「じゅうじゅう音がするぐらい熱いうちに、さくさくっと切りわけてたべるんだよ。

挽き肉のホワイトソースやマーマレードでこしらえてもおいしいものでねえ。」

ジャン＝ポールは名人の噺家《はなしか》みたいに、なんにもない手もとへできたての揚げパンをならべてみせた。

フーさんが亡くなってからは、住みこみではない家政婦さんにたのんだり、松寿司から仕出し料理をはこんでもらったり、家族のだれかしらが台所にたったりして、どうにかしのいできた。

松寿司は、祝いごとや行事や法事の仕出し料理をつくる店だ。それをふだんにたべるのは後ろめたくもあり、特別なときのありがたみも薄くなる。だから、おかあさんたちは近所のスーパーで買ってきたお弁当や惣菜《そうざい》でがまんした。

家政婦さんは、ベテランのひとだと自分流にしかつくってくれない。どれもこれも砂糖としょう油で甘からくして、みりんか酒をくわえてしあげる。料理によってはゴマ油や酢がはいる。ごはんにはあうけれど、濃い味なのが宝来家の人々のなやみだった。

いっぽう栄養士の学校を出ている人は、学校の給食か病院の食事のようなのをつくる。バランスのよいおかずなのは、みんなにもわかったけれど、どうにも心がはずまない。

やがて、就職活動のためにカガミさんが自宅にもどった。ひさしぶりにわが家で台所にたち、自炊できたえた腕をふるった。

息子の就職先がなかなか決まらなかったら、ふつうは心配して気をもむのに、この家ではカガミさんが内定をのがすたびに、家族じゅうでホッとしていたらしい。

秋になっても企業の採用通知をもらえなかったカガミさんは、ついに宝来家のマカナイとなる道をえらび、当主の樹さんと報酬の交渉におよんだ。大卒の初任給なみの待遇《たいぐう》で話がついた。おかあさんは、とっておきのコンドリューの白ワインをあけて息子にふるまった。

おかあさんは夜中まで翻訳や書きものの仕事をつづけている。だからみんなの朝ごはんのときには姿をみせない。ぼくと弟が以前いっしょに暮らしていたマドモアゼルもそうだった。彼女は夜に幕のあくお芝居の仕事があって帰りがおそく、午前中いっぱいは寝ていた。

宝来家に来てから、ぼくとノリマキは夜のあいだを廊下にあるアコーディオンカーテンでしきった小部屋ですごす。松葉と青りんごをミックスしたみたいな、いいにおいのするカゴにふかふかの布団をいれてもらって、そこへもぐりこんでいる。

徹夜の仕事があるとき、おかあさんは夜中にココアをつくりに二階の部屋からおりてくる。フェルトのスリッパの足音がちかづいて、ぼくたちの寝顔をのぞいてゆく。ぼくは寝たふりをしているけれど、弟はほんとうにぐっすり眠っている。

しかも寝相がへんてこりんだ。うつぶせになって、両手両足をのばしている。夏草の生えた土手ですべって遊ぶときみたいだ。里芋のはっぱをひろってきて、それをソリにして、びゅんびゅん草のうえをすべるんだ。はじめは腹ばいで、なれてきたら立ちあがる。

冬のはじめに生まれた弟は、まだ土手のソリ遊びをしらないのに、夢のなかではもういっぱしのライダーにでもなっているんだろう。

おかあさんは、おかしなかっこうをしてるねえ、と云いながら、ノリマキの腰のあたりをちょっとくすぐる。すると、ノリマキはころんと丸くなり、それからしばらくのちに、ふたたび両手足をのばすのだ。朝になって、なんの夢を見ていたのかをきいても、ちっともおぼえていない。

家じゅうでいちばんの早起きはカガミさんだ。夜があけるまえから台所にいる。ぼくと弟も寝床をでて、かまってもらいにいく。朝ごはんの下ごしらえをしているカガミさんは、いっしょに遊んではくれないけれど、ノリマキが脚ぶらんこをしても怒らない。

カガミさんはスリムなからだつきで、指も細い。髪の毛も細くて、さらっとしている。それなのに、太いフェルトペンで描いたみたいな、黒々したおかしなフレームのメガネをかけている。カッコイイとは云いがたい。

それでも、カガミさんはすごくおしゃれなんだと思う。台所に立つとき、いつもパリッとした真っ白の衿《えり》のとがったシャツを着ている。袖口《そでぐち》のボタンのところのステッチがしゃれていて、そこだけ淡いアクアブルーの糸なんだ。

カガミさんのうなじに窓ごしの朝のひかりがあたると、ガラスびんのなかの、ひんやりとつめたいミルクや、白磁《はくじ》の茶碗の絵のないところみたいに澄んだ色になる。たいていはグレーか霜降りか黒のスラックスをはいている。

けさはホウロウびきの大きな鍋で、鶏肉のスープをつくっている。外はまだうす暗く、静まっている。コトコトと煮立てる音だけがひびく。カガミさんはまじめな横顔で、鍋のまえにいる。手つきは、お茶の師匠さんみたいにきれいだ。

弟は流しのところの窓辺で、ふたのないティーポットによじのぼった（ふたはしばらくまえから見あたらず、カガミさんがさがしている）。窓枠の幅が十センチほどあるので、小さい弟が外をのぞくには足場が必要なのだ。でもまだ夜はあけず、暗がりが見えるばかりだ。遠くを走る電車の音がする。

弟はなにかを見つけて、きゅうに細くなった。そのとたんに、ティーポットのなかへ落ちた。洋ナシ形のポットだから、口がせまくて底のほうがひろい。騒ぐかと思えば、なんだか静かだ。

のぞきにゆくと、底にぴったりハマってまるくなっていた。なにを見ておどろいたのかなど、もうわすれた顔だ。

六時半をすぎ、小食堂に朝膳のしたくがととのった。少しまえから窓の外はゆっくりと白んで、いまはもうだいぶあかるい。ぼくの書きかたが悪くて、時間の経過がわからなくなっているかもしれないけど、これはだんご姫が樹さんと電話をしている場面のつづきだ。

カガミさんはきょうの朝ごはんについての前口上をはじめた。いつも、そんなことはしないのに、けさの食卓には見なれない人がいるせいなんだ。

この週末、マダム日奈子のアトリエの二階に桜川《さくらがわ》くんというのが越してきた。まだ人物がわからないので、ぼくも弟も遠巻きにしている。向こうからも、あいさつがない。

「ごぼうは、江戸のころに栽培がさかんになって、ごぼう餅としてたべるようになりました。蒸してやわらかくしたのをすりおろし、もち米といっしょにこねて揚げるんです。黒胡麻みそをつけてたべるとうまかったんでしょう。米が庶民には縁遠かった時代の、糖質を代表するたべものだったんです。つまり野菜ではなく主食と同等の重要な炭水化物です。鶏ごぼうなんてあっさりしたおかずでも、けっこうなカロリーになります。しかも、その糖質のうちの半分くらいは消化されないんです。体内に分解酵素がないからです。腹ごしらえにはつごうがよく、カロリーは高くても体重がふえる心配はありません。いっしょにりんごを煮込んでスープ仕立てにしてありますから、あとはつけあわせのきのこや野菜と玄米のブレンドごはんを茶碗に軽く一杯食べれば、緑黄野菜もビタミンもミネラルもふくんだ朝食メニューになります。より効果的に食物繊維をとりこむには、よくかんで食べてください。早喰いはダメです。」

紺地に白抜きの文字で〈停留所にてスヰトンを喫《きっ》す〉と書いたエプロンをしているカガミさんは、ブロッコリーと素揚げしたマッシュルームを和《あ》えてうつわに盛ったのをテーブルへはこんだ。そこへ、しらすぼしをふりかける。

「ドレッシングがわりです。しらすぼしは、こんなに小さくてもまるごとの魚といっしょで、カルシウムをたっぷりふくんでいます。そのカルシウムの吸収をたすけるのはマッシュルームにふくまれるビタミンDですが、しらすぼしにもビタミンDはふくまれますから、小さくても合理的なたべものであると云えます。いっぽうで、コレステロール値は高いので、きのこや野菜といっしょにたべて吸収をおさえるようにしなければいけません。食物繊維が、コレステロールをからめとってくれるんです。」

なるほどね、と桜川くんはあいづちをうったが、雑誌を読みながら調子をあわせただけで、ろくに聞いていなかった。話が終わらないうちに、いただきます、と小声で云ってたべはじめた。

マダム日奈子の店子《たなこ》にすぎないはずのひとが、家族の一員のような顔をして宝来家の食卓にいる。それというのも、だんご姫のおかあさんの弟だからだ。つまり、だんご姫の叔父さんだ。

樹おにいさんが留守のあいだ、男手がカガミさんひとりでは不用心だというので、用心棒として招かれた。家賃はロハで、そのうえマカナイつきとはぜいたくだ。昼間は仕事に出かけていて留守なのに、どこが用心棒なのかわからない。ちょっと厚遇しすぎだと思う。

それに新参者でありながら、樹さんの席にすわって当主みたいな顔をしている。カガミさんへの気配りにもかける。樹さんなら、ちゃんとカガミさんの話に耳をかたむけ、ねぎらうにちがいない。

桜川くんの下の名前はトホルという。二十七歳の会社員で、いまのところは独身だ。上等そうな薄手のブロードのシャツを着て、文句のつけようのないシックな色あいのネクタイ（柄はハデ）だから、きっと遊び人だ。

姿はいい。髪型なんて、洗ってそのまま自然乾燥させたのを手ぐしでひとなでしただけのかんじなのに、それでネクタイ姿にちゃんとおさまっている。ぼくのトップコートの手入れとひきならべて思うのには、毛先のなんたるかを知っているスタイリストに髪を切らせているのだろう。

だんご姫によれば、桜川くんの母親のミャーコさん（そう聞こえた）は、若いころはたいそう愛くるしく男子学生にモテまくり、ちやほやされて遊びあるいていたが、あるとき電撃的に、だれもがそれはありえないと思っていたカタブツの貝《かい》さん（桜川くんのおとうさん）と結婚したそうだ。

ミャーコさんと聞いて、ぼくはノリマキにオチチをわけてくれた同じ名前の豆腐屋のおばさんを思い浮かべてしまった。マドモアゼル・ロコと暮らしはじめたころのノリマキはまだミルクしかのめなかったので、ご近所だったミャーコおばさんの世話になったのだった。

ミャーコおばさんは三毛だったが、モーとかメイと呼ばれていた娘さんたちは、牛みたいな斑もようがあってフクフクしていた。桜川くんのおかあさんのミャーコさんが若いころは、すれちがった男どもが、きまってふりかえるほどの柳腰だったそうだ（ってどんなの？）。

ノリマキはいま、ようやくごはん粒をつけてもらって、みりんぼしを食べている。よろこびのあまり、ダンスを踊っている。勢いあまって、桜川くんの足もとへみりんぼしを飛ばした。追いかけて弟もころげてゆく。わけがわからなくなって、桜川くんの高そうなスーツのズボンにしがみついた。

〈ApiA〉とタイトルのある情報誌を読んでいた桜川くんは視線をそのままに、軽く身をかがめた。長身だから腕も長くて、弟はなんなく首ねっこをつかまれた。

たいへんだ！　きっと投げすてられると思った。でも、箸をおいた桜川くんはすぐにもう片方の手をそえて、弟をドードーさんのイスの座布団のうえにのせた。頭を軽くなでる。

「ちょこまかしないで、食べるときは落ちつけ。むせると、やっかいなんだぞ。ごはん粒は、意外にへんなところへ飛びこむからな。」

ちびっこは野菜としらすぼしも食べろ、と云って桜川くんはしらすぼしをまぶしたブロッコリーのつぼみをひとふさ弟のまえにおいた。

「うちのシンラが子どもだったころ、じいさんから毎日しらすぼしをもらってたよ。軟骨を丈夫にするたべものなんだとさ。小さくても、頭から尾っぽまでまるごとだからな。ブロッコリーも好物だった。ほら、たべてみろ、うまいぞ。」

ノリマキは、なにこれ？という顔になる。はじめて目にするのだ。ぼくはブロッコリーもしらすぼしも、ミャーコおばさんのところでたべた。

ためしてごらん、とノリマキをうながした。すると、ひとくちかじって、目をほそめ、にまにまする。おいしかったのだ。ふたくち目のあとは、さらにおいしさを味わって、バンザイをした。それから座布団のうえでしりもちをついて、でんぐりがえし。

そのころには、桜川くんはむろん、ポーカーフェイスのカガミさんも笑い顔になっている。これで弟は、初物のたびに遊ばれるにちがいない。まるで気にしていないみたいだから、ほうっておこう。ぼくも弟といっしょにドードーさんの刺し子の座布団にのっかり、口のまわりをぬぐった。

しばらくまえに暦《こよみ》さんが二階からおりてきている。鼻歌が聞こえるので、台所や廊下や階段のあたりをウロついているのだとわかる。イタリアン・ポップスの〈In Un Fiore〉だと、ジャン=ポールがおしえてくれた。マダム日奈子が好きだった歌で、樹おにいさんが生まれたころの流行歌だ。マダム日奈子は、この唄で樹さんを寝かしつけていたという(パッチリ目をさましそうだけど?)。

暦さんもマダム日奈子の娘だ。女のひとの歳をあかすのは野暮《やぼ》だから、樹さんの妹だということだけ書いておく。

五十メートル先にいるときでも花束があるように見えるマダム日奈子とちがって、バラか牡丹《ぼたん》かシャクヤクかという姿ではないけれど、暦さんもそんなことは百も承知で、気どらないこざっぱりした性格が持ち味だ。

ゆかいなことが大好きなのは母親ゆずりで、カラフルな色づかいのたのしい絵を描く。イラストレーターなのだ。名前の漢字をちょっとくずしてサインにする。おや、ふしぎ。暦さんの顔とそっくりになった。

うちのおかあさんとは血のつながらない母娘であっても、仕事仲間としては縁がふかく、気もあっている。おかあさんが翻訳した本に、暦さんが絵を描くこともある。ふたりとも、ごはんをたべるのは大好きだけれど、包丁を持つひまと腕がない。

暦さんは鶏ごぼうの鍋をのぞきこんで、なにやら悩ましそうな顔つきだ。くずすなよ、と小食堂にいるカガミさんの声がする。仕切り壁があって見えないはずなのに、もの音だけで判断しているのだ。

歳のちかい桜川くんには丁寧語をつかい、年長の姉にはあんがいな口をきく。もっとも、暦さんのほうではまるで気にしていないふうだ。二十歳ちかくも年少の弟が相手では、腹も立たないものらしい。

ぼくの場合も、いまのところチビすぎる弟には腹の立てようがない。

「どうにも悩むのよね。脂肪のことをかんがえずに皮つき肉をとってコラーゲンを得るべきか、美肌効果はあきらめて皮なし肉でカロリーを落とすべきか。ぐっと差がつくのよ。きのう、出かけた先で穴子寿司を食べたあとだしね。これ、りんごのほかに砂糖をつかってる?」

「つかってない。りんごの甘みだけだよ。」

カガミさんは、ぶっきらぼうに答える。べつにふきげんなわけではなく、愛想のないのがカガミさんのふだんの状態なのだ。感情をあまりおもてにあらわさない。いまのところ、カガミさんが笑うのはノリマキがへんてこなことをするときだけだ。

暦さんは、鍋のなかからごぼうと鶏肉の皮のないところをえらんで、うつわに盛りつけた。食卓にやってきて桜川くんのとなりにすわる。むかい側の席にいたカガミさんが、暦さんのうつわをちらっとのぞいた。

「りんごは？」

「果糖はすぐ脂肪になるから、きょうはやめておく。午前中は出かけないし、運動もしない予定なのよね。ブロッコリーはたっぷりもらうことにする。」

「バカらしいよ。りんごをやめるより三時のおやつを抜くべきだ。クッキーだの、せんべいだのは、カロリーが高いばかりでなんのたしにもならないけど、りんごだったらスープにとろみがつくし、たいした量ではないにしてもビタミンCもふくまれている。皮つき肉か皮なし肉かを悩む以前に、からだのなかでコラーゲンを合成するのにはビタミンCが必要だと知るべきだし、塩分をからだの外へだしてくれるカリウムも、りんごにはたくさんふくまれる。皮ごと煮こんだから、女のひとたちの好きなポリフェノールもある。そのスープはぜんぶ飲んでもだいじょうぶだよ。濃い目の色がついてるけど、しょう油は小さじの半分しかつかってない。バルサミコ酢の色だよ。あとは鶏肉とりんごのエキスだけ。だから、平皿じゃなくて深鉢をだしておいたんだ。スープごとそっくりたべてもらうように。」

なぜだか、カガミさんの口調は熱をおびてたたみかけるようだった。どんな水だって、鍋にそそいで火にかければたぎるのだ。

深鉢というのは朝顔形のうつわで、ピーグリーンのうわぐすりをかぶせた薄手の焼きものだ。底のほうに、雨の日の桜の樹《き》の皮のような銀まじりの焦茶色の溜《た》まりがある。カガミさんの、彩《いろど》りにたいする気のつかいようがわかるというものだ。

暦さんには、弟との云いあらそいをつづける気はなかった。

「なにか怒ってる？　わたし気にさわること云ったかな。」

「……べつに怒ってなんかないよ。」

「そう？　それならいいの。料理のことをくわしく説明してくれて、ありがとう。それじゃ、いただきます。」

さっそくたべはじめた暦さんだが、どうも落ちつかないようだ。じきに箸をやすめて向かいの席にいるカガミさんを見すえた。

「それ、曜が書いたの？」

エプロンに白抜きされた文字のことだ。カガミさんがうなずいている。ぼくは書のことはわからないけれど、ふだんのだんご姫に似あわず、かっちりとひきしまった文字だと思う（……へえ、こういう才能があるのか）。

「誕生祝いに一筆書いてくれるというから、リクエストしたんだ。それを版にして染めてもらった。」

「その詩がいちばんのお気にいり？」

「いちばんってことはないよ。詩のことばは、ひずみのあるところへ刺さってくるものだから、これを選んだときはそういう気分だったんだ。それだけ。宮沢賢治《みやざわけんじ》が朝から晩まで無料の肥料設計をやっていた晩年の作だよ。ヒデリが四十日もつづいた夏だった。稲作の手当てのしかたのアドヴァイスや測候所への問いあわせで走りまわるうちに、賢治さん自身が疲れきって倒れるんだ。」

「そうなの。あとで詩集を読んでみるね。」

これだよ、といってだんご姫が詩集を持ってきた（小食堂はそのままカガミさんの部屋へ通じていて、とちゅうの廊下の壁につくりつけの書だながある。おもにカガミさんの本だが、みんなの読みものもまじっている）。

暦さんは詩集をひらいて読みはじめた。ジャン＝ポールはぼくにもそっと賢治さんとその詩のことをおしえてくれた。

賢治さんは、「猫の事務所」のお話を書いたひとだ。かまどの灰で煤《すす》けたかま猫がでてくる。鼻と耳にまっくろにすみがついてタヌキのようだから、かま猫はほかの猫にきらわれている。仕事仲間のみんなにいじわるされて、かなしくって酸《す》っぱくて、せっかく持ってきたひるのおべんとうをたべられない。そのまま三時間も泣いたりやめたりまた泣きだしたりする。かま猫もおべんとうもかわいそうだ。

〈停留所にてスヰトンを喫す〉という詩は、友だちが停留所までわざわざもってきてくれた帆立貝いりのスヰトンを、(賢治さんは)もてあましている。でもいらないとは云えず、両手にのせている。

なんだか雲でもたべているようだと思う。

ぼくは、おじいちゃんがごちそうしてくれる帆立貝いりのふわふわなら、いくらだってたべられるのに、と思った。

弟がたんにふわふわ、ふわふわと云うので、このごろはぼくも団子を省略して、ふわふわと呼ぶようになった。

卵の白身の泡雪《あわゆき》でこしらえたお団子だ。おじいちゃんは、スープのうわずみに溶かしたバターを数滴だけ落としてくれる。さめるのが待ちきれない、かくべつのごちそうだ。

でも賢治さんは、雲のようなスヰトンがたべられない。みんなが待ち望んでいる雨をふらせもせずに、ただなにもしないで白く光って浮かんでいる雲を恨んでいるところだったから、その雲のようなスヰトンまでもが重苦しく、「空の雲がたべきれないやうに／きみの好意もたべきれない」なんて思ってしまうのだ。

賢治さんの詩やお話には、ごちそうがたくさん出てくるのに、そこにいるひとたちは、いつも胸をつまらせている。

カガミさんは、すっと席をたって台所のほうへあるいていった。

実に興味ぶかい心理だねえ、とジャン＝ポールが云う。

「カガミさんは、だれかに好かれてこまってるの？」

「チマキよ、そうじゃないんだ。スヰトンをさしだすのはカガミ自身なんだよ。相手の返事もわかりきっている。でも、スヰトンをつくらずにはいられない。」

「だれに？」

「それがわかるようになったら、チマキもいっぱしの男だな。」

……わからなかった。だからまだまだ、いっぱしにはなれそうもない。

カガミさんが台所へ去ったあと、暦さんは雑誌を読む桜川くんのじゃまをして、ひらいたページに、ずん、とひじをのせた。

「ねえ、知ってる？　家庭においては、心づくしの手料理に敬意をはらわないのもD

Vとみなされ、離婚の理由になるのよ。ひとことぐらい、ねぎらうべきじゃない？」

桜川くんは、身におぼえがないという顔だ。

「独身なんだけど、」

「立場の話をしてるのよ。そこは当主の席で、気配りを求められるの。けさのあの子が、あれほど饒舌《じょうぜつ》なのはだれのせいだと思ってるの？　不安だからなのよ。あまり表情を変えないからわかりにくかったかもしれないけど、ふつうじゃないのよ、あの口数の多さは。」

「樹さんは、できたひとだからね。」

「だれにだってできるのよ。おいしくてまともな料理のありがたみが身にしみていれば。」

桜川くんは台所のほうへ、耳をそばだてた。だんご姫とカガミさんが、お弁当の話をしている。おにぎりの具は、えびとソラマメのがひとつと、しらすぼしをまぜた炒り玉子のがふたつ、それにブロッコリーをたっぷり、とだんご姫がリクエストをだした。すきまにレモン風味の鶏肉の皮をカリカリにしたのをいれて、と云っている。

「……高校のころ、通学路でカガミを待ちぶせて弁当を強奪するのが趣味だった。少なめだったけど、びっくりするぐらいうまい弁当で、一度その味をしめたらやめられれない。あれはコマキさんの手づくりだとばかり思ってた。」

「自分のお弁当は？」

「買い弁。その資金は浮かせて、ほかにつかう。あの年頃はいろいろと物入りでさ。」

「ろくでもない男だね。そんな昔から泣かせてたんだ。」

「カガミを？　暦さんまで弟を誤解してるのか。あれが泣くところを見たことあるの？　おれはないよ。」

「つまり、泣かせてみたいんだ。」

「あいにく、もうそんな歳じゃない。」

桜川くんは声をたてずに笑って箸をおいた。台所へ膳をかたづけにゆく。

「ごちそうさま。うまかった。」

そのことばにウソはなさそうだ。桜川くんは雑誌を読みながら黙々とたべていたけれど、きれいにたいらげている。ただ、あまりにもみじかいひとことに、カガミさんがなっとくしたかどうかはわからない。

桜川くんは、台所からそのまま玄関へむかった。この家は玄関ホールにも来客用のトイレと洗面台がある。そこで身だしなみをととのえるつもりだ。

「いらないの？」

暦さんの手に、桜川くんが食卓におき忘れた雑誌がある。すると、カガミさんがその雑誌をつかんで「先輩、」と呼びかけながら、玄関へ追いかけていった。ぼくとノリマキもついてゆく。

カガミさんと桜川くんは、学年こそちがうけれども中学と高校でおなじ学校にかよったのだ。だからいまも、カガミさんは桜川くんのことを先輩と呼ぶ。

雑誌を手にして玄関へたどりついたカガミさんは、そこで迷子になったように立ちどまった。なにか云うつもりだったのを、思いなおしてやめたのだ。

桜川くんは洗面所から出て、上着をきて、コートをはおった。衿はトレンチ風だけれど細身にできていて、ベルトもわざと細くデザインしてある。なにより、春ものなのに、あえて濃いめのヴァンダイク（ブラウン）ってところが、イマドキだった。

「それはいらないや。捨てておいてくれるかな。」

雑誌のことを云う。

うなずいたカガミさんは〈停留所にてスヰトンを喫す〉のエプロンのポケットに手をいれ、ストップウォッチをさぐりだした。

「……つぎからは、もう五分そしゃくに時間をかけてください。」

運動部のタイマーの口ぶりだ。

「そしゃく?」

「食物繊維をじゅうぶんに摂《と》りこむには、噛む回数がだいじなんです。」

きょうのカガミさんは、むだに口数ばかりが多くなる。

「それなら、バス停をもっと近くへつくるように、バス会社と交渉してくれよ。」

桜川くんはバス通勤している。

「四、五十分はやく起きて、職場まで歩くという手もあります。」

「あるいはここで食べずに、どこかのモーニングですませるかだな。」

「それだと、野菜が足りなくなります。」

「サラダバーのあるところへいく。」

桜川くんは玄関の扉をあけた。春先の朝は、まだ風がつめたい。ノリマキがからだをすくめた。どこか北国の寒気がそっくりはこばれてきた。

「……おべんとうを持っていきますか?」

「なんだって?」

「もしよかったら。」

桜川くんのビジネスバッグは薄くて機能的で、よぶんなものは断じて持たない、というつくりだ。カガミさんもそのことにとっくに気づいていて、ここまで追いかけてきながら、お弁当のことを云いだすのをためらっていたのだ。

「きょうはランチミーティングなんだ。」

「それじゃ、いりませんね。」

カガミさんは、いってらっしゃい、と云って廊下をもどってゆく。

「あしたは、頼むかも。」

桜川くんは、カガミさんの背中にむかって声をかけた。からだはほとんど玄関の外にでていて、カガミさんが肩ごしにふりかえったときにはもうパタンと扉が閉じた。桜川くんの足音が遠ざかってゆくのだけが聞こえた。

勝手口では「いってきまあす。」とだんご姫の声がした。桜川くんとおなじバス停からおなじ時刻のバスに乗るのだが、おとなりさんの敷地を近道につかわせてもらっているので、家の北側の通路をたどって庭のほうへ出てゆくのだ。そのぶん桜川くんよりはやくバス停にたどりつくらしい。

ぼくとノリマキは、だんご姫を庭さきまで見送るつもりでいたけれど、暦さんに、だめだめ、とつかまえられた。

「あそこにはクマがいるのよ。こわくはないんだけど、そばによって寄りかかられたらたいへんよ。ノリマキなんてペチャンコのコブマキになっちゃうよ。なにしろ飼い主のマルコが脂身の多い肉ばかりたべさせて、みるみる巨体になっちゃって。」

どんなクマさんなのか気になって、台所の流し台にのぼって窓の外をのぞいた。おとなりさんと宝来家をしきっている垣根のしげみに、ごろごろしている太ったおじさんがいた。

くしゃん、

窓辺のひなたがまぶしいので、目をつぶって鼻をもぞもぞ動かしていたノリマキがくしゃみをした。その拍子に、またもや、よじのぼっていたティーポットのなかへおちた。

2. *Spring*
昼ごはん

春野菜のドライカレー&黒豆入り玄米ごはん
きのこのピクルス
豆乳チキンスープ
あるいは、半熟いり玉子にクレソンをたっぷりのせた春サンドイッチ

小巻《こまき》おかあさんが小食堂のテーブルで「コマコマ記」の原稿を書いている。ノリマキはその足もとで、もふもふニットのマグロで遊んでいる。それはある種のモンスターで、海産のマグロというわけではない。どこもかしこも真っ黒だからおかあさんがそう名づけた（マグロも真っ黒の意味だと、おじいちゃんが云っていたけど）。弟のノリマキがそれをもらったとき、ぼくはいっしょにいなかった。だから、もとの（無事な）姿を見ていない。対面したのは、ノリマキが云うところの「変身」をとげたあとだった。

毛や羽が生えたのか、ぬけたのか、墨をはいたのか、泡を吹いたのか、そのぜんぶか、どれでもないかのせいで、もはや黒くてこんがらがった謎のかたまりとなりはてた。イヌだかクマだか、はたまたカエルだかコウモリダコだか、てんでわからなくなっている。でも、ノリマキのお気にいりだ。

詰めものの密度がランダムなので、はずんだ勢いであらぬ方向へころがる。するとノリマキもおなじように跳びはねて追いかける。

そのうち、ほつれたところに爪がひっかかってとれなくなり、咬《か》みつかれたと思って大騒ぎする。口を三角にあけて助けを呼ぶ。ぬいぐるみが生きものじゃないことは、もう教えたんだけど。

「コマコマ記」には庭の草花のことや、おいしいごはんのこと、そのほか、おかあさんが思いついたあれこれが書いてある。ときには、だんご姫の発した質問をそのままとりあげる。

「コンビーフの缶をあけるときに、そなえつけの道具をつかうけど、あれには名前があるの？」

そうそう、ぼくも気になっていたんだ。細いみぞに缶のあけ口の端っこのところをひっかけて側面にそってクルクルとまわす。すると缶がふたつにわかれて、中身にありつけるのだ。あの道具はコンビーフ缶のほかには見たことがない。カリカリのはいっている缶詰は、ふたがパカッととれるのばかりだ。

おかあさんも名前をしらなかった。製造元のホームページをのぞいたら、巻きとりカギと書いてあったそうだ。

「ひとつ、りこうになったわね。ついでに云えば、コンビーフじゃなくてコーンビーフなのよ。」

「コーンはどういうつづり？」

だんご姫は「豆モン」をとりだして、おかあさんにたずねた。

「CORNよ。トウモロコシのコーンとおなじ。」

「なんで？　トウモロコシとビーフじゃ、まるで関係がないよ。」

「それがあるのよ。」

豆モンというのは「わたしの小さなギモン」の意味で、ローマ字でmamemonと書くと、そのなかに「わたしの」と「メモ」が、うまいぐあいにかくれている。

だんご姫の学校では生徒全員が、それぞれ好みの小さなノートを「豆モン」専用にして、持ち歩いているのだ。だんご姫は表紙に豪快な筆文字で「豆聞」と書いている。マメに聞く、という意味をこめているんだって。

「もともとのコーンはね、粒状のものをあらわす名詞で、つぶつぶの塩の結晶もコーンなの。コーンドは塩漬けにするという意味よ。だからコーンド・ビーフというべきなのが縮まってコーン・ビーフとなり、日本語だとさらにつまってコンビーフなの。わたしは牛より豚の塩漬け肉のほうが好きだなあ。それを塩ぬきして角煮にするの。カガミがつくってくれると、またいちだんとお酒がすすむのよね、これが。チョコレート職人がつくった極上のフォンダンみたいに、口のなかでふわっととろけるの。」

豆モンに鉛筆の野太い文字を書きつけていただんご姫が、顔をあげて眉間《みけん》にシワをよせた。賛同しかねるときの表情だ。

「食べものがやわらかいのは脂質や糖分が多いからだって、カガミがいつも云ってるよ。それで、やわらかいものばかり食べていると太るんだよ。バランスのよい食事というのは、色やかたちや味つけのほかに、かたいものとやわらかいものをほどよく混ぜなくちゃいけないんだって。」

なるほど。カリカリとしっとりのコラボレーションってわけか。コマーシャルで宣伝しているセレブ向けの「にゃんごはん」で見たことがある。ぼくはもっと庶民的なのでいいけど、味つけが濃いB級グルメは遠慮したい。

ぼくとノリマキがマドモアゼル・ロコとはぐれて放浪していたとき、一晩だけ国道ぞいのブックストアに泊めてもらったことがある。その事務室でごはんをもらっていた茶トラが招待してくれたのだ。ノザキと呼ばれていたが、名前の由来は自分でもわからないと云っていた。

ノザキは、にゃん用のカリカリごはんにコンビーフをほぐしたのをトッピングして食べていた。かたいものとやわらかいものだ。

ブックストアの店長さんの好物がコンビーフで、事務所の戸だなにたくさん積んであった。よく見ると、牛の絵のついた缶ばかりでなく、馬の絵のもまじっていた。店長さんはそれを、大ざっぱにきざんだキャベツといっしょにフライパンで軽く炒めて白いごはんのうえにのっけて食べる。炒めるときに、油ではなくコンソメのスープをそそぐとキャベツがしんなりして、コンビーフも焦げつかないそうだ。

ノザキはコンビーフのところだけをもらって、カリカリにトッピングする。ぼくたちにも遠慮なくたべろ、と云ってくれたけれどもしょっぱくてとても口にできなかった。

きょうはお天気がよくて、朝から晴れている。日の出もはやくなり、もう午前四時台になった。カガミさんは近所のセイシロウ農園の直売所で朝採り野菜を買ってきた。

ぼくとノリマキも自転車のカゴに便乗して、カガミさんにくっついていった。セイシロウは農家のあととり息子で、顔のアウトラインにそってヒモのようなヒゲをはやしている。おかあさんちのガレージにはえるコケにそっくりだ。

けさの収穫は、泥つきの菜っ葉と青いトマトと完熟の赤いトマトと、信号機の色がそろった三色ピーマンだ。セイシロウの家は、エドからつづく農家なんだって。菜っ葉やトマトやピーマンのほかに、キウイフルーツやブルーベリーの果樹園もある。

農園からもどり、買いもののカゴを家のなかにはこびいれたカガミさんは、台所の温度計をながめて思案顔になった。だんだん気温があがってきたので、野菜の保存をどうするか考えているのだ。

菜っ葉は日もちがしないので、すぐにおひたしか胡麻あえにするんだと思う。おかあさんとだんご姫は、マスタードをきかせたヒリヒリするようなおひたしが好きで、暦《こよみ》さんはほんのり甘い胡麻よごしが好みだから、きっと半分ずつ両方つくるんだろう。

ぼくとノリマキの朝ごはんには、鶏の挽き肉をポロポロになるちょっと手前で火を弱め、しみだしてきた脂だけで菜っ葉をやわらかく炒めたのをだしてくれた。きょうのは菜の花みたいなつぼみもまじっていて、ほろ苦いところがおいしかった。

だんご姫はパリジェンヌ気どりで、自分の部屋のベランダで食用のタンポポを育てている。ノリマキはなぜか、だんご姫がつくるタンポポの葉っぱのサラダがお気にいりだ。固ゆでの玉子の白身と黄身をべつべつに裏ごししてふりかけたサラダだけれど、あるときカガミさんがポーチドエッグをのせてくれたら、ノリマキは口のまわりに黄色いわっかをつけたまま小躍《こおど》りした。

日ごろから、カガミさんは冷蔵庫をあまり信用していない。たいていスカスカで、粉や砂糖、穀類の保管場所にしている。野菜がくさるのは問題だけれど、静かに枯れてゆくのは本来あるべき姿だと云っている。だから野菜や卵の鮮度を過度にもとめるほうがおかしいと考えている。朝採りの菜っ葉が夕方にクタクタしてくるのはあたりまえなんだ。

階段下の戸だなの隅っこに泥つきのまま新聞でくるんでおいておけば、ほとんどの野菜はあるていど常温で保存できる。卵やりんごはモミガラのなかにいれておく（もちろん、べつべつの箱で）。ノリマキは、ときおりのぞきこんで溺《おぼ》れる。

けさ買ってきたばかりのピーマンやトマトのうち半分を、カガミさんは天水桶の水でじゃぶじゃぶ洗って水気をふきとり、それぞれ三センチ角くらいにきざんだ。ハンギングネットにならべて干すことにしたのだ。直径三十センチのネットが三段になって、さらにそのまわりを筒状のネットでくるんで、吊りさげるようになっている。ガーゼをしいて、そこに先ほどきざんだ野菜をならべてゆく。青いトマトはピクルス用で丸ごとちょっぴり干すだけなので、とりだしやすいところへおく。それから、ハンギングネットを日当たりのよい場所につるす。カガミさんは、花の終わったミツマタの枝につるした。

この花が咲いているところは、アシナガバチの巣にそっくりだ。地面に映る影のかたちは、なおさらまぎらわしい。忘れて近くを通りかかるたびに、黒ヘルの兵隊が攻めてくるんじゃないかと思って身がまえてしまう。

ハンギングネットが風にゆらいでいる。ノリマキは自分もネットのなかにはいりたそうな顔だ。でもカガミさんに、飛びついたりぶらさがったりしてはダメと云われているから、お行儀よくがまんしている。

かわりに、園芸用の遮光ネットの古いのをつるしてもらって、それに飛びついてブランコ遊びをする。ときどき、こんがらがってネットから出られなくなり、泣きわめいてカガミさんに助けだされる。そのままエプロンのポケットにいれてもらって、おとなしくなる。

カガミさんがノリマキの子守をしてくれるので、ぼくはずいぶん楽だ。そのあいだに、おかあさんが原稿を書いている机で、ぼくも勉強をする。


朝採りの新鮮な野菜をすぐ食べずに干してしまうなんて、もったいないようだけれど、太陽をあびるとぼくたちが元気になるのとおなじで、野菜もひなたぼっこでおいしくなるのだ。おじいちゃんによれば、干ししいたけは水でもどせばコクのあるダシがとれるけれど、生のしいたけでは薫りは楽しめてもダシはとれないそうだ。

ぼくやノリマキはダシの味のことはよくわからない。おいしい水という意味なら、温《ぬる》くなったのはたいてい好きだ。

おかあさんの家では、酒造工場ではらいさげてもらった酒樽《さかだる》を天水桶にしている。蛇口をつけて、暦さんが焼いた陶器の水盤で受けるようになっている。家のなかの水道とちがって、蛇口からはいつもポトポト滴《しずく》がもれて、水盤にちょろちょろたまる。いまその水盤は、おとなりから枝をのばす葉桜のこもれびのなかにあるけれど、さっきまで日向水《ひなたみず》になっていて、ぼくとノリマキにはちょうどよく温くておいしくて、ゴクゴクのんだ。それで、ノリマキのおなかのところがピーナッツのカラみたいにふくれている。

みんなの朝ごはんのあとで起きてきたおかあさんが、遊んでいるノリマキのおなかを見て、おやおや、たらふく食べたのね、と云ったけれど、ほんとうは水ぶくれなんだ。

もとはウィスキーの樽だった天水桶には、ふさぎきれない虫食い穴がある。タガもいくらかゆるんでいる。一滴の水も洩《も》らさぬ桶ではなく、どこからかじんわりと水がしみだして、レンガの土台の下などはつねに湿っている。

午前中は陽があたる場所なので、カガミさんは春先にそこへクレソンの育苗パッドをおいた。それがいま、育ってきたところだ。

おかあさんは、おいしいブランチを食べよう、と云いながらクレソンを摘んで台所へもどった。

カガミさんは、おかあさんに頼まれて半熟のいり玉子をつくったあとで、どこかへ出かけた。宝来家《ほうらい》のマカナイとしての義務は、朝ごはんと晩ごはんだけだ。昼はめいめいにこしらえて食べるから、カガミさんも自由にすごせる。

みんなが行き先や予定を書きこむことになっている廊下のホワイトボードに、カガミさんの字で「早《さ》っちゃんち↓買いもの」と書いてある。早っちゃんちへいったあと、買いものにいくつもりなんだ。

このまえ早っちゃんが宝来家に遊びにきたとき、カガミさんは「女友だち」といって紹介してくれた。そのときから、ぼくにはひとつの謎がある。ふたりは小中高と、ずっとおなじ学校の同級生だったというけれど、カガミさんが通っていたのは男の子ばかりの学校のはずだ。だから、どうしてその学校に通学していた早っちゃんが女友だちなのか、ぼくにはよくわからない。

でも、早っちゃんその人は、不可解でもなんでもなくて、来るたびにノリマキが遊ぶニットのおもちゃの新作をもってきてくれるいい人だ。マグロをくれたのも早っちゃんだ。実はどれも、手先が器用な早っちゃんの手作りなのだ。電子部品の設計が専門だけのことはある。

リバティプリントが好きな早っちゃんは、お手製のシャツを着て手づくり小物を持ち歩いている。でもそれは服装の一部であったり、裏地やポケットのなかにかくれていたりする。

だいたいのところはカガミさんとおなじく、あたりまえのデニムやスラックスに、飾り気のないシンプルなセーターなんかを着る。つまり、見かけは男の子だ（もう大学を卒業して働いている二十代のおとなを男の子と呼んでいいのかどうかわからないけど）。

四月の第四土曜日のきょう、だんご姫は登校日で学校へいっている。授業はなくて、「豆モン集会」があるそうだ。だんご姫の学校では豆モンに書きとめたあれこれのことを、みんなで発表しあう集会が月に一度ひらかれる。

「ネジバナには、時計まわりのねじれと、その反対まわりのねじれがある」とだれかが標本写真つきの発表をすると、「カタツムリはどうなの？」とか、「巻き貝は？」とか、あらたなギモンがみんなの豆モンに書きこまれる。そうしてあとで調べるのだ。

昼前には終わって帰宅する。きょうの昼ごはんは、ひさしぶりに東京の家へもどる樹《いっき》さんといっしょなので、だんご姫が手料理をふるまうことになっている。

だんご姫のおとうさんである樹さんは、京都の大学の事務局に勤めている。春休みに東京へもどってくるはずだったのが、もろもろの事情があって延期となったかわりに、こんどの連休をひと足はやく、ちょっぴり長めにとることになった。

三月中におこなわれただんご姫の親子面談の日にも、樹さんは帰京できず、かわりに叔父の桜川《さくらがわ》くんが父親代理として出席した。

小巻おかあさんが、電話で樹さんに報告しているのを小耳にはさんで、その日のようすがわかった。だんご姫は、事情をよく知らない同級生に、若いパパだね、とおどろかれて「わたしって、おとうさんが留学中だった十六歳のときの子どもなの。フランスではそういうのも、ふつうにアリなのよ。」とデタラメを云った。

おかあさんの話では、だんご姫がパリの病院で生まれたのはほんとうらしい。でも、赤ん坊のうちに帰国しているから、パリジェンヌを気どるのはまったくの思いちがいだ。

だんご姫は登校するまえ、台所にいるカガミさんのそばにサイドテーブルつきのイスを持ちだして朝食をたべていた。樹さんにふるまうことになっているランチメニューの相談をするためだ。

ブロッコリーと豆乳とメープルシロップのミックスドリンクをマグになみなみついだ姫は、それを飲みながら、うす焼き玉子とキュウリをのせたライ麦パンをかじっていた。

「おとうさんのおなかのまわりに、このごろすこし贅肉《ぜいにく》がついてきたと思わない？　だからヘルシーなメニューにしたいの。しかも、手間がかからなくて、わたしにもできる料理なんて、欲ばりすぎかなぁ。」

相談の結果、春野菜のドライカレーをつくることになった。カガミさんがけさセイシロウさんの農園で買ってきた採れたてのトマトやピーマンの出番だ。それにきのこのピクルスをたっぷりと、豆乳のチキンスープをそえる。

カガミさんの説明をそのまま書く。脂でかためたカレールーをつかわず、カレー粉と塩とはちみつでつくるからカロリーはふつうのカレーの三分の一くらいになる。市販のカレールーはその半分ほどが油脂でできているんだって（！）。

ひとりぶんのルーは百キロカロリーもあって、塩分も多い。ジャガイモや牛肉のはいったカレーライスは、軽く六百キロカロリーを突破してしまう。肉やごはんが多めなら、七百キロカロリーくらいになる。四時間以上歩かないと消費できない数字だ。重労働をする人はともかくとして、筋肉の少ない女の人やデスクワークの人が食べるものではない。

ちなみにぼくのごはんの三回分だ！

おひさまをあびせた野菜はそのまま食べても平気で、煮たり茹でたりしなくともよい。水にとけやすいビタミンも、干した野菜ならば流れださずにとどまっている。ちょっぴり火であぶると、じゅわっとエキスがしみだしてくる。それをこぼさないように、ピタパンのなかにはさんで食べるといい。

干し野菜や塩漬け肉は、ガスや電気のないところで燃料を節約しなければいけないときの昔ながらの知恵なんだって。

一度に食べきれないほどきのこや山菜が採れたら、おひさまにあててカラカラに干しておくと数日保存がきくし、朝のうちに干した大根や長芋は、夕ごはんのころには火を通さなくても食べられるくらいに、しんなりするんだ。干したゴボウやニンジンやきのこを、そのままごはんにまぜて炊いても、味つけした炊きこみごはんみたいにおいしいんだって。でも、カンピョウはちゃんと煮たほうがいい。

朝のうちに干した野菜は、だんご姫が学校からもどってくるお昼ごろまでにちょうどよく水分がとんで、やわらかくなる。野菜本来の旨《うま》みが、ぎゅっとつまったトマトやピーマンになるんだ。ちょっぴりシワがよるけど、カレー粉とまぜるんだから問題ない。

「曜《ひかり》がつくったとは思えないできばえになるよ。」

カガミさんはそう太鼓判をおした。

バスのエンジンの音が遠くでひびいた。ボディに赤い線のはいったバスが、なだらかな坂道をのぼって停留所についたところだ。もうじきだんご姫が帰ってくるにちがいない。

学校へいくときも帰宅のときも、だんご姫は勝手口をつかう。バス停への近道として、庭と地続きのおとなりさんの敷地をとおりぬけてゆくからだ。子どもの特権で、ゆるされているんだって。

パリジェンヌを気どっているだんご姫も、こればかりは子どもあつかいでも不平を云わない。体操着をいれた布製のバッグやおけいこ道具のはいった学校指定のセカンドバッグをブンブンふりまわしながら、おとなりの葉桜の庭を勢いよく駆けぬけてくるのだ。

宝来家の勝手口は台所ではなく、そのとなりのリネン室にある。洗濯機や乾燥機のほかに、立ったままでアイロンかけができる専用台とミシンをおいた机がならんでいる。家事室と呼んでもいい部屋だ。もとは外国人住宅として貸していた家なので、そんな造りになっている。

ぼくとノリマキはミシンをおいた机にのぼって、リネン室の窓ごしにおとなりの庭を偵察した。

(ノリマキはまだいっぺんに机のうえまでジャンプできないから、踏み台とイスをつたってきた。さらに、ミシンのうえによじのぼっている)

いつも垣根のところでごろごろしているクマおじさん(太ってオヤジじみているけれど、ほんとうは若い)がいなかったら、庭の境界までだんご姫を出迎えにいくつもりだった。

だが残念、きょうはクマおじさんが太鼓腹をうえにして、アザラシみたいにごろごろしている(二軒どなりのコハル姐《ねえ》さんが通りかかるのを待っているのだ)。

となりの家には、クマおじさんのおとうさんとおかあさんのマルコさんのマルコ夫人が暮らしている。マルコさんは脂ののったとろとろのマグロや、バターのようにとろける霜降りのサーロインが大好きで、気前よくクマおじさんにもふるまっている。

すじすじガチガチが好みで、イーッをするときの口になってかみきるのこそ肉ってもんだと思っているうちのおじいちゃんとは大ちがいだ(ぼくは賛成だけど、おかあさんには、もういい歳なんだからほどほどにしてよ、と云われている)。

おじいちゃんは、マグロだって赤身の筋ばったところが好きなんだ。目に染みるような藍の皿に赤身をならべるのこそ粋ってもんだと云っている。いっぽうで、ごくらく豆腐のような、とろっふわのごちそうも好きなんだ。

マルコさんはうちの暦さんと小学校時代の同級生だ。だけど、贅肉のじゅばんを着て貫禄《かんろく》たっぷりだから、ずっと年長に見える。ときおり髪を三つ編みにしてデニムのジャンスカを着ている暦さんにも問題がありそうだけど。

だんご姫の姿が見えた。新学期になって、学校の帽子が冬の紺色のフェルト帽から春用のすみれ色のコットンにかわった。制服のスカートはまだ衣がえをしていないから紺色のままだけれど、ハイソックスは帽子とおなじくすみれ色になった。まだ新しいので、けさ見たときは刺しゅうはちゃんとルリハコベの花だった。

おかあさんは少しまえに「コマコマ記」の二回ぶんの原稿を書き終わって、原稿をとりにきたテコナさんとひとしきりおしゃべりしたのち、ふたりで自転車に乗って美術館へ出かけた。

うちのおかあさんのはスポーツタイプで、テコナさんのはママチャリだ。九歳のハコちゃんと六歳のココナちゃん姉妹のおかあさんである。このあいだまで自転車の小さいイスに乗っていたココナちゃんは、この春に小学校へ入学した。

ココナちゃんはこの家にやってくると、ぼくとノリマキをぎゅうぎゅう抱きしめるので、きょうはそれがなくてほっとしている。悪気がないのはわかってるけど、息苦しいんだ。

テコナさんのつくっているフリーペーパーは〈Maman tekona〉っていう。おかあさんは、モテすぎて命を絶った万葉美人を思い起こさせるから、あまり縁起がよくないタイトルなのよ、と云っている。テコナさんは「わたしにはもうダーリンがいるから大丈夫ですよ〜」と平気な顔だ。

「せめて、Maman をやめて、Okan にしたらどう?」

おかあさんの意見に、テコナさんは笑いながらノン！と云った。

こんどの号は、ぼくとノリマキが表紙の写真になる。それでテコナさんのダーリン（カメラマン）がやってきて、ぼくたちを撮影した。

ちゃんと気どったポーズで撮ってもらおうと思ったのに、テコナさんのダーリンが肩にのせていたホーチキ（ほんとうはルミナというんだけど、ぼくたちはホーチキと呼んでいる）がこのごろおぼえた警報のモノマネをしたせいで、ぼくもノリマキもびっくりしてnの字にそっくりの背中になって固まっているところを、パチリと撮られてしまった。

ホーチキはチェリーピンクとオレンジの羽がきれいで、つぶらなヒトミの愛くるしい顔つきをしている。でも、よく見ると抜け目のないワルワルだってことがわかる。くちばしも爪も、いつだってぬかりなくとがらせている。声も態度も大きくて利《き》かん気のコザクラインコだ。

おかあさんのきょうの原稿は、クレソンのブランチのことだった。ぼくに読んできかせてくれた。

《水がぬるんで庭先の水辺にクレソンが青々としげってくると、なんだかむくむくと玉子のサンドイッチがたべたい、という気持ちがおこる。半熟のいり玉子（トロッとして、熱々のじゃなきゃだめ）をつくってトーストしたパンにのせて、そこへ軽くゆがいてダシにくぐらせたクレソンをたっぷりのせる。それからもう一枚トーストをのせて、さっくり二等分。

玉子の甘みとクレソンの苦みがからまりあって、なんともいえずおいしい。春の恵みだあ、なんて云いながらパクついている。ほんとうは菜の花のほうがもっと春らしいかもしれないけれど、庭にいっぱいクレソンがあるのだから、それを使わない手は

ない。》

昼寝中のノリマキをひざにのせて、ドードーさんのイスでくつろいでいたジャン＝ポールが笑い声をたてた。

「まったく、いくつになったと思っているんだろうねえ、コマキさんは。若い娘のころとおんなじようなつもりでいるんだよ。」

カガミさんがこしらえる半熟のいり玉子は、とろふわの絶品だ。オムレツといってもいい。とき卵をつくるときに、一個分の白身をよぶんに泡立てて、メレンゲにしたのをまぜているからなんだ。のこった黄身の使い道もいろいろだ。てっとりばやいのは、ついでに田楽《でんがく》みそをつくって、できたてのところへ黄身をながしこむ。そうすると、色つやもよくなるし、こっくりした味わいになるんだって。

あわ麩《ふ》をあぶって特製の田楽みそをぬり、サンショの葉っぱをのせる。おかあさんの実家の松寿司《まつずし》のお弁当の定番で、田楽みそのつくりかたは秘伝だ。でも、カガミさんはおじいちゃんから直《じか》におそわったんだ。あわ麩で穴子の白焼きをはさんで、それに田楽みそをぬって焼くのもおいしいんだって。

ぼくとノリマキは塩分の多いみそは食べてはいけないから、穴子だけもらう。旬の穴子は、ふっくらして甘くて、口のなかでとけちゃうんだ。……ごくらく。

黄身をつかった「にゃんごはん」の献立もある。カガミさんは、炒めた鶏の挽き肉に黄身をまぜて、だしでのばしてとろとろに蒸してくれる。あじつけはなにもしていないのに、卵の甘味と肉の旨みがとけあって、なんともいえず幸せな気分になる。肉を炒めているときの、じゅうじゅうはねる脂の音がまたかくべつなんだ。

でも、カガミさんは肉の脂をペーパーでふきとってから黄身とまぜる。その脂もいっしょに食べてしまうと、ぼくやノリマキにはカロリーが高すぎるんだって。そういうのはガールハントをするときまで不要なんだ（いつだろう？）。

おかあさんの原稿を読んだテコナさんは、

「いり玉子って、すぐにポロポロしたそぼろみたいになっちゃうんです。ついでに半熟にするコツを書いてもらえるとうれしいなぁ。」なんて云っている。

おかあさんは、ちょっと困った顔になった。フランスの家庭料理や手芸小物の本の翻訳をしているおかあさんが、実はいり玉子とスクランブルドエッグをつくりわけたこともないとは、親しいテコナさんでさえ気づいていないようだ。

おかあさんはトーストしたパンを片手に待ちかまえ、カガミさんが絶妙のタイミングで用意してくれた極上のいり玉子をのっけるだけなのだ。自分で半熟にしあげるわざは持っていない。ときおり、まぐれで半熟になることはあるらしい。

テコナさんは信州の人で、実家にもどったときの話をした。

「うちの母って、いり玉子も玉子焼きも、これでもかって云うくらいに甘くつくるんですよ。牛乳をすこしとハチミツをたっぷりいれるんです。生家のほうでは養蜂がさかんだから、なんでもかんでもハチミツです。さすがに蜂の子はとっておきの高級品なので、頼みもしないのにいれることはないけれど。甘さは、わたしが小学生だったときのまま。おそばだって、東京のまずい水でつくったのとはちがうんだからたくさん食べなさいって、里帰りするたびに山ほど茹でる。カロリーのことなんてちっとも気にかけないんだから。」

今のところ、ほっそりしているテコナさんだが、中年になって太りだした母親のようになるのはごめんだ、と思うらしい。

うちのおかあさんが、そんなにカロリーが気になるならちょっとはお酒もひかえなさいよ、と云うところをみれば、テコナさんはなかなかの酒豪らしい。

仕事の用事で訪ねてくる人たちは、おかあさんが翻訳業のかたわらで日常のこまごましたことを手ぎわよくこなし、それをふまえて「コマコマ記」を書いているのだと思いこんでいる。そういうそぶりがうまいので、みんなだまされる。

おかあさんが翻訳した本は、小食堂とカガミさんの部屋を結ぶ廊下の書だなにならんでいる。「フランスの家庭の手仕事」とか「パリの町のかたすみで」とか「フランスの娘さんたちの台所修業」といったような、親しみやすいタイトルがついている。

この本を手にした人は、著者とおなじように翻訳者だって家事に通じていると、思うにきまっている。ところがどっこい（おじいちゃんの口ぐせがうつった）、おかあさんは料理も裁縫も小学生のだんご姫なみなのだ。でも、ペンチや金づちをつかうのは得意だ。

おかあさんは来週号の「コマコマ記」もいっしょに書いた。

《つくしんぼを見ると、どうしても摘みたくなる。力もいらないから、ズンズン摘んで、すぐに両手いっぱいになる。

子どものころ、帽子をつくしんぼでいっぱいにして母のところへ持ってゆくと、どうせ食べないくせに、と云いながらゆがいてくれた。そうそう、ただのおひたしだったら食べない。口にエグみがのこるから。

煮びたしにして、とき玉子をいれたのがいい。半熟になったら、鳥や葉っぱをさらっと描いた北欧風の、厚ぼったくて軽いお皿にごはんを平らに盛りつけて、そこに、

玉子をくずさないようにふんわりのせる。ほら、きれい。》

そのあと、ハナダイコンの紫いろの十字花のことや、ふつうはピンク色をしたオドリコソウの白花を見つけたことなどを書いて、テコナさんに渡した。

だんご姫が学校からもどった。二階の自分の部屋で着がえ、不思議の国のアリスみたいなエプロンをつけて台所におりてきた。ランチは午後一時にはじまる。すでにおなかをすかせただんご姫は、カガミさんが昨夜こしらえたスイーツをつまみ食いするつもりだ。

バターをぬった薄い生地を五枚ほど用意して、ナッツをはさみこんで重ね焼きにしたものだ。ひと切れはひし形でとても小さい。だんご姫がアップルティーをいれているところへ暦さんが顔をだした。

「きょうは親子でランチじゃなかったっけ?」

「そうだよ。午後一時の約束。」

「なのに、それを食べるの?」

「だって、学校へいったらおなかがすいちゃったんだもん。」

「だけど、それは多すぎると思うよ。もしかして、鉄分と脂質のバランスがとれた良質のタンパク源で理にかなっているばかりでなく、小さいからごはんのまえに食べても大丈夫だなんて、理屈っぽいフランス人みたいなこと考えてない？」

姫は大きく、うんうん、とうなずいている。

「だめ？」

「バクラバは、あきれるほど甘いお菓子の代名詞なんだよ。ルーツは砂漠の遊牧民の非常食。小腹がすいたときに食べるものじゃなくて、わずかな分量で飢えをしのぐものなの。つぎのオアシスにたどりつくまでの命綱よ。たっぷりのバターとハチミツでできているし、ナッツは脂肪そのものだから、小さくてもけっこうなカロリーになる。だって、植物はありったけの財産を子孫にのこすために果実を実らせるんだもの。」

「ワクラバ？」

「病葉《わくらば》じゃないってば。Baklava。古典的なパイの一種で、薄くのばした生地にバターをぬってナッツをのせて何枚もかさねて焼くの。一説によれば、古代エジプトの王たちも食べていたらしいよ。トルコの人がつくるバクラバは、タイムを食べて育った羊のバターとピスタチオが常識なんだって。正確なレシピは、カガミにきかないとわからないけど。」

だんご姫はさっそく豆モンをとりだして書きとめた。暦さんはタイムを食べて育った羊の連想で、〈Parsley, sage, rosemary and thyme〉というフレーズをくりかえす、ゆったりした唄を口ずさんでいる。

玄関でドアホンが鳴り、暦さんが唄を中断して応じた。

「おや、いらっしゃい。きょうは、カホルさんがいちばん乗りね。兄貴はまだなの。」

玄関の扉をあけにゆく暦さんに、ぼくとノリマキもくっついてゆく。

あらわれたのは、はじめて見る女の人だった。肩より少し長めの、つやのある黒髪をしている。毛先はまちまちの長さでふぞろいだけれど、全体をながめるとちゃんとまとまっている針葉樹のこずえみたいだ。

シルバーグレイのブラウスにパンツスーツをかっこうよく着こなしている。豆モンの書きこみを終わらせて顔をあげただんご姫に手をふった。

「ヒカブー、ひさしぶりね。調子はどう？」

「上々だよ。カホルンは？」

「まあまあかな。このあいだは、親子面談に出席できなくてごめん。交通の便の悪いところへ出張してたのよ。当主が亡くなったお屋敷があってね、泊まりがけで美術品の買いとりに出かけてたの。」

「気にしなくていいよ。桜川くんに出てもらって、用がすんだから。」

だんご姫は、叔父である人物をぼくたちとおなじく桜川くんと呼んでいる（というより、ぼくたちがだんご姫をまねているんだけど）。

「お行儀よくしてた？」

「どっちが？」

「もちろん、ニセパパのほう。」

「だってうちの学校の妙齢女子はみんな春先までモスグリーンかオールドローズなんかのニットのタイツをはいて、ダックスフントみたいな靴でせかせか歩く人ばかりだよ。」

「トホルはね、場合によってはそういう淑女も守備範囲なのよ。店のお得意さまだって、毛皮をぬいで、素っぴんになればおなじ。ちょっと肥えたところが、ちがうくらいのものよ。」

「子どもは論外でしょ？」

「それだけは苦手みたいね。ある意味で健全だから。」

ジャン＝ポールが、ぼくの耳もとでおどろくべきことを教えてくれた。だんご姫のことをヒカブーと呼ぶこの女の人は、桜川くんの姉のカホルさんで、樹さんのツレであり、だんご姫の実のおかあさんなのだった。

　カホルさんとトホルさんはどちらも、母親のミャーコさん（まだ紹介されていないので、本名は知らない）が実家をついで営んでいる美術商のスタッフとしてはたらく。でも「実績主義」の経営で身内びいきはないそうだ。

　カホルさんは海外での買いつけが担当で帰国しているときも出張が多い。トホルさんはWebでの営業と顧客管理をうけもっている。

　だんご姫のおかあさんであるカホルさんが、どうしてこの家で暮らしていないかというと、樹さんとは事実婚の夫婦だからで、別姓を名乗っているだけでなく同居もしていない。仕事でユーロ圏や北米を動きまわることが多いカホルさんの拠点は、パリにあるのだ。

　ジャン＝ポールによれば「ばかばかしくもあるが、考えようによってはもっともな」理由で、この夫婦はそんな暮らしをしている。つまり、カホルさんが丙午《ひのえうま》の生まれだからだ（この生まれ年の女の人は夫をコロすという俗信があるんだって）。

　といっても、ふつうはそんなことを真に受けない。ところが欧米の同業者を相手に堂々と仕事でわたりあい、どこから見ても現代的なカホルさんが、そんな昔ながらの俗説を気にして樹さんの説得にも応じず、がんこに事実婚を通している。それだけ樹さんを大事に思っているのかもしれないけどね。

だんご姫は母親をカホルンなどと呼んで、この状態をけっこう楽しんでいるみたいだ。小巻おかあさんとは友だちだし、暦さんとはとなり同士の部屋で仲良し姉妹みたいだ。カガミさんとも気があっている。

「そのちびっこたちは新入りなの？」

カホルさんが、ぼくたちのことをだんご姫にたずねた。

「そうだよ。白いほうは、おなかにタマゴ色のウズがあるからダテマキで、おチビはノリマキ。兄弟だよ。」

ちがうってば！

ぼくはカホルさんのまえで、はじめましてチマキです。お見知りおきくださいって、あいさつをした。弟も、ノリマキです、と名乗ってぺこんとおじぎをした。カホルさんには、むにゃむにゃって聞こえたと思うけど。

「あら、おりこうねえ。こんど、うちの実家にも遊びにきてね。とびきりの昔美人のシンラと（……おばあちゃんになっちゃったの）、ちくわとはんぺんとウズラっていう三兄弟がいるのよ。まとめておでんって呼んでるんだけどね。」

紹介がすんで、だんご姫はいよいよ台所でランチづくりにとりかかる。まずは、けさカガミさんがハンギングネットで干していた野菜をとりこんでくる。だんご姫がつかうぶんだけ、食べやすい大きさにきざんで干してあるから、このまますぐ料理につかえる。

あらかじめボウルに準備してあった冬仕込みの紅玉の干したのといっしょに、ネットからとりこんだ野菜をまぜあわせる。みんな水分が少しだけとんで、やわらかくなっている。

干した野菜は火の通りもはやく、長く炒める必要がない。だから旨みものがさない。黒豆入りの玄米ごはんは、ランチに炊きあがるようにカガミさんがセットしてくれている。だから、ニンニクとエリンギを干したのをみじん切りにして、肉といっしょに焦がさず炒めることさえできれば、小学五年生のだんご姫でも、それなりの料理になるのだ。

身長がまだひくいだんご姫は踏み台にのってまな板に向かう。ぼくとノリマキは姫の奮闘ぶりを見物することにした。

フライパンで肉を炒めるいい匂いがしてくると、もうたまらない。じゅうじゅうと肉が焼けて、ほとばしる脂の音が耳をくすぐる。だけど、ほんとうはおなかがすいているわけではないんだ。朝ごはんをたっぷり食べたから。

樹さんの贅肉に配慮して、肉の分量をへらすかわりに、ボリュームとコクをだすためのエリンギをみじん切りにしてくわえるんだって。

「おねだりしてもダメだよ。ニンニクもトウガラシもはいってるからね。それにこれからドライレーズンやドライミックスベリーの白ワイン漬けもはいるの。そういうのをマキマキに食べさせてはいけないんだって、カガミが云ってた。」

ぼくたち兄弟をいっしょくたに呼ぶとき、だんご姫はマキマキと云う。ぼくたちが口にしてはいけないものは、ほかにもたくさんある。カガミさんは真っ黒なのとレッドバックドクロマークのシールをつくって、ノリマキにもわかるように目立つところへ貼ってくれている。ココアやお茶の缶にも貼ってある。

玉ねぎやニンニクのにおいのもとは、血をかたまりにくくして、血管がつまるのをふせぐんだ。おかあさんや、とくにおじいちゃんぐらいの年齢の人のからだのなかではよい働きをする。でも、ぼくやノリマキのからだのなかでは、血液の成分を破壊するんだって！

くわしいことは知らなかったけど、玉ねぎやニンニクを食べちゃいけないってことはマドモアゼル・ロコにもおそわった。玉ねぎは、炒めたり焼いたりすると、甘いにおいがしてとってもおいしそうなのに、ぼくたちには毒なんだ。ニラやチャイブやノビルもいけない。

マドモアゼル・ロコは自分でも、そういう野菜を口にしなかった。においがしみつくから、パフォーマーとしては遠ざけなければいけないんだって。ロコの得意料理は自家製のメンチカツだったけど、衣のほかはぜんぶ牛肉でできていた。

お休みの日の昼ごろ起きて、ピンポン玉くらいのをたくさんつくってお皿に山盛りにする。じゅうじゅう音がしているうちにソースもカラシもなしで、五つくらいたてつづけに食べる。熱いうちは肉の旨みだけでじゅうぶんだと云っていた。

晩になって冷めたときは、酢をきかせたカラシじょう油でのこりをたいらげる。ロコはやせていたけど、胃袋はファイターだった。


カガミさん流のドライカレーも玉ねぎをつかわない。粘りと甘味が出てしまうのはカガミさんの好みではないのだ。カレー粉と少しの塩だけでつくる。りんごとドライフルーツをたっぷりいれるので砂糖もいらない。ツヤをだすのに、ハチミツを少しだけくわえる。

豆乳のチキンスープもほとんどできあがっている。あとはカガミさんがしょう油漬けで保存している鶏肉をきざみいれ、パクチーをちらせばできあがりだ。

「ごちそうの匂いがするわね。なにか手伝おうか？」

カホルさんがようすをみにきた。

「ここは大丈夫。あとはチキンスープがひと煮立ちすればいいの。それより、おとうさんに電話してランチに遅れないでって云っておいて。」

「あと一分したら玄関につくって。」

カホルさんがモバイルを手にしながらうけあった。

そうしているうちに、ドアホンが鳴った。カホルさんが出迎えにいき、見なれない男の人と腕を組んでもどってきた。樹さんだ。まだ紹介されていないけれど、やあ、こんにちは、と云ってくれた声がいつもの電話のとおりだった。ノリマキはおつむをくりくりしてもらって、ふにゃふにゃになっている。

だんご姫が樹さんに贅肉がついたなんて云うから、どんなかと心配したけど、よぶんな肉があるようには見えなかった。どこかにかくしているようすもない。桜川くんよりもっと、あたりまえにスーツを着ている。そのふつうの感じが、かっこいい。

だんご姫の手料理は、正式の食堂で両親にふるまわれる。せっかくの親子水入らずの昼食会ということもあるけど、小食堂はじきにみんながもどってくれば手ぜまになるからだ。

「ただいま。」

ほら、云っているそばから、カガミさんが早っちゃんといっしょにもどってきた。早っちゃんの名前は早千弥《さちや》くんだ。きょうもリバティプリントのローズピンクのシャツを着ているけど、仕立てはカッチリとシャープでデニムの退色したインディゴともよくあっている。

早っちゃんの通っていた大学はこの近くにあり、そこの庭に生えていたヨモギをふたりで摘んできた。これから、草もちをつくるのだと云う。ほよほよの初葉《わかば》でつくるのだと思っていたけど、もうちょっと成長したいまごろのヨモギのほうが、薫りがよくなるそうだ。

米屋さんで玄米を粉にひいてもらったのをつかって、もちにする。香ばしい黄な粉も仕入れてきたらしい。ふたりが台所ではたらいているところへ、桜川くんがやってきた。

このあと受けもちの画廊でレセプションがあり、夕方から出勤することになっている。午前中に髪を切りにいって帰ってきたところだ（この人の場合、手ぐしでちょっとなでつけただけでさまになる髪質なんだけど、それでも小まめにカットにいく）。

「お、なんだかいい匂いがする。」

　と云ったのは、とうぜんヨモギをゆがいて、すり鉢ですりこんだ草の匂いではなく、だんご姫のドライカレーのことだろう。

　カガミさんもそう解釈して、

「曜がドライカレーに挑戦したんです。たぶん、よぶんにあると思いますけど。温めなおしますか?」

　桜川くんは、すぐに返事をしなかった。なにかを物色しているようすで、台所のなかをゆっくりと歩きまわっている。早っちゃんは窓辺のほうを向いてヨモギの葉をすり鉢でする作業に没頭しているようだけど、たぶん聞き耳は立てている。

「いいんだ。今夜は接待があるから、カレーの匂いがからだにしみつくのはまずい。」

　しばらくしてから、桜川くんはそんなふうに答えた。カガミさんは話の接《つ》ぎ穂《ほ》を失って、だまりこんでいる。かといって桜川くんが台所から出ていかないので、草もちをつくる作業にももどれずにいた。

「ザク、こっちに手を貸してくれよ。」

　見かねて早っちゃんが声をかけた。ザクというのは、早っちゃんにかぎってのカガミさんの呼び名だ。どうしてそう呼ぶのかは、まだ聞いたことがない。カガミさんは、すぐに早っちゃんのところへいった。

桜川くんは台所を出て、小食堂へ向かった。でも、すぐに引き返してきた。

「……なあ、どうしてカレーなんだ？」

台所の入り口で、カガミさんの背なかに問いかけた。

「小学生の曜がつくっても、おとなの口にもじゅうぶんたえうる味になるからです。」

声を聞くかぎり、カガミさんはいつもどおり愛想がない。

「そうじゃなくて、どうして草もちだと思わないのかってことだよ。」

窓辺のほうを向いたカガミさんと早っちゃんの背なかが、ピンと緊張する。早っちゃんのほうがさきにゆるんで、ひじでカガミさんのからだを押した。カガミさんだけ、桜川くんのほうをふりむいた。でも、あきらかにとまどっていて、なにも云わない。ぶっきらぼうな口ぶりだった桜川くんが、にわかに表情をやわらげた。

「母親が働いてたから、おれはじいさん子でさ、じいさんの趣味や好みをそっくり受けついでるんだよ。草を蒸すときにたちのぼってくる匂いや、お茶を炒るときの薫りや、上新粉やもち粉でつくる菓子の香ばしい味なんかを。草もちの、つくりたてはとくに好きだな。」

それだけ云って、桜川くんは台所を出ていった。こんどは玄関をめざした。別棟のマダム日奈子のアトリエの二階に借りている自分の部屋へいくのだろう。

表情を劇的に変化させないたちのカガミさんは、色白の顔をあげて、どちらかといえば少し怒ったように口を結んでいる。でも、耳たぶが、ほんのり紅く染まっているのは、カガミさんが平常心ではない証拠だ。

台所へヨーグルトにシリアルをまぜるだけのランチをつくりにやってきていた暦さんは、だまって見物したあとで、ぼくのほうを向いて片目をつぶった。いまのを見た？　というアクションである。

「つまりあれが、不自由を知らない男のタラシの手口ってわけなのよ。自然体で云ってのけるところが、ワルよね。あれをそっくり見習うのはすすめないけど、坊やたちもいずれハンターになるからには、上級者のテクニックを学んでソンはないと思うよ。」

ノリマキは、暦さんの話をちっとも聞いていなかった。イスからシンクのうえによじのぼり、カガミさんが封を切ったばかりの黄な粉の袋のなかをじっと遠巻きにのぞきこんでいたが、いよいよ冒険をこころみた。

袋に頭を突っこみたい、お年頃なのだった。粉だらけになるつもりはないようなのだが、結果として粉にまみれ、けっこうけだらけ猫灰だらけの、始末となった。

3. Early Summer

飲茶《ヤムチャ》パーティ

小さな中華まん、レタスと小えび、または大根とずわいがにの蒸し餃子《ギョーザ》
かぼちゃあん&ドライフルーツの酒まんじゅう
ヒュウガナツのピールの黒糖そばまんじゅう
里芋あんの桃まんじゅう
白滝の中華風サラダ
豆乳の杏仁《アンニン》豆腐《どうふ》

雨ふりの日がつづいている。真夜中も朝もどしゃぶりで、昼もざあざあふって、晩

になってもふりやまない。天水桶は満杯で、雨樋《あまどい》がごぼごぼ音をたてている。

晴れた日なら午前三時半ごろはもう空がうっすらとあかるくなる季節なのに、雨雲がじゃまをする。でも、南どなりの庭のトチノキを住みかにしているヨアケとヒグレのクロウ夫婦は雨ニモ負ケズ、朝ごはんの狩りに出かけてゆく。

春に生まれたひとりっ子がおなかをすかせているからだ。クロウ夫婦は、このあたりではいちばんの親ばかで、というより巣立ちしたジュニアの甘えん坊ぶりがはなはだしく、からだは大きいくせに留守番もろくにできない。なんでも怖がって親を呼びつけるので、まわりじゅうが大迷惑する。しかも酒ヤケしたようなダミ声のヨアケ（パパさん）に似て、ジュニアも声が太い。

ついさっきも、フードつきの黒くて長いレインコートを着たテコナさんが、雨のなかを自転車にのって宝来《ほうらい》家をおとずれたところ、門さきでヒグレ（ママさんのほう）に頭をけっとばされた。ジュニアが、クロカワとかアメフラシのたぐいの黒くてぬらしたオバケが来たと思って騒いだからだ。自分のほうがよっぽど黒いくせに笑わせる。

だけど雨にぬれてテカテカ光ったレインコートを玄関さきで脱ぐまでのテコナさんも、たしかに怪しすぎた。そのまえに見なれたママチャリを目撃していたからテコナさんだとわかったけど、そうじゃなかったらぼくだってそばへはちかよらない。

「これってケルプの繊維でできてるから、地球にやさしいんです。」

出迎えた小巻《こまき》おかあさんに、そんなことを云っている。

「その手にはのらないわよ。ウロコがついているじゃないの。」

どっちも大ぼらふきである。


テコナさんは雨のなかを、ごわごわした水色の防水布の包みをもってきた。花ガッパと呼ぶもので、なかみは、まさに花を咲かせた数本の枝だった。一重のバラか椿のような、わりあい大きな白い花をつけている。ふさふさの長いオシベが目立つ。バラほどではないけれど、ちょっとよい匂いがする。

このあいだカガミさんのお供でセイシロウの農園に行ったとき、キウイフルーツの果樹園からおなじような香《かぐわ》しい匂いがただよってきた。農園で暮らすロシアンブルーの銀ドロが酔いどれ歩きでキウイの幹に近づいたと思ったら、いきなり根もとに寝ころんで身をくねらせた。

ふだんの銀ドロはもっとワルぶっているから、あんなふうにスキだらけなのはめずらしい。果樹園をかこむネットにそって、肩をゆすりながら用心棒気どりで歩くんだ。通りすがりのよそものにはここぞとばかりスゴんで因縁《いんねん》をつける。ぼくたち兄弟も、農園に行くたびににらまれる。

ぼくはもう慣れたけどノリマキはきょうも縮こまってカガミさんにしがみついた（もともと、棚づくりのキウイフルーツの枝ぶりをよく見ようとして、カガミさんの肩によじのぼっていた）。

セイシロウがそばにいるときの銀ドロは行儀がいい。ガード下のペットショップにいた若造のころ、ロシア貴族の末裔《まつえい》だとうそぶいていた四人兄弟のうちで銀ドロだけ売れ残った。それが半額セールになっていたのを、となりのバイク部品の店に来ていたセイシロウが買った。

チューブの具合にはうるさいが、基本的にアナログ人間であるうえに活字オンチのセイシロウは、タイピングとレタリングの区別もつかない。だれが見ても手書きなのに、印刷だと思ってしまうようなところがある。あやしげな血統書をうのみにして、銀ドロの素性にも疑いを持たなかった。ツレのリカさんは、そんな血統書がホンモノのわけはないでしょ、ととりあわない。

ターコイズブルーの地色に銀糸《ぎんし》の縫いとりと銀の房飾りのついた豪勢な首輪は、セイシロウがリカさんと〈カッパドキア〉に行ったときに買ったものだ（地名ではな略して銀ドロと呼ばれている。セイシロウはギンと呼ぶ。

ズミを奪いとって、自分の手柄にしているだけだ。だから、銀（ネズミ）ドロボウを

農園のネズミをつかまえていると思っているけど、それはちがう。だれかがとったネ

働かないという点で、銀ドロは貴族に通じるところがある。セイシロウは銀ドロが

く、店の名前。ふたりは酔っ払うと仲がいい）。

キウイの幹の根もとで転がっている銀ドロをながめたあとで、セイシロウはぼくのほうを向いて「冷静だな。」とつぶやいた。カガミさんには「まだおとなの仲間いりはしていないらしい。」と云い、ふたりでうなずいた。

「うちのギンなんかあのとおりで、雨がきらいなくせに、花が咲けば雨だろうがなんだろうがキウイフルーツの果樹園にはいりこんで、朝から晩まで幹のまわりでのたうちまわってるよ。さいわい、ギンは果実には興味がなくて、実のなる季節には知らん顔なんで助かるよ。これもマタタビ科の植物だから、ネコ族をひきつけるんだな。キウイフルーツなんて呼んでても、もとはオニマタタビだ。」

ふたりの話を聞いたあとでも、銀ドロが幹の根もとでのたくっている理由はわからなかった。どこかの社《やしろ》でお神酒《みき》を盗んだか、地蔵のおそなえの半分ござった薄皮まん

じゅうでも食べたのだろう。

ノリマキはキウイのつるを這わせた棚のうえを、歩きまわってみたいらしい。どうせおりられなくなって騒ぐにちがいないから、却下する。さいわい、セイシロウが小袋（新じゃが掘りにつかった）をくれて、いまはもう棚のことは忘れたようだ。ノリマキの小さな頭のなかには、べつべつのふたつ以上の興味が同時におさまることはない。ひとつに気をとられて、ほかのことはきれいさっぱり忘れてしまう。

このあいだ、ドードーさんの古椅子の裏がわの布張りのところが裂けて袋のように口をあけた。つめものが、ドロドロはみだした。それを修繕するつもりだったおかあさんが道具を手にしてもどったとき、ノリマキはもう破れ目からはいりこんでいた。そこはチクチクするから出ておいで、とおかあさんが呼んでも、さらに奥へ突き進む。おかあさんは台所からティーポットの帽子をもってきた。紅茶がさめないように、すっぽりかぶせておくものだ。

それはチクチクしないし、キルティングでふかふかだ。ポンポンもついていて、ビーズの飾りひもがきらきらひかる。ノリマキはティーポットの帽子を目がけて飛びだしてきた。

おかあさんのもくろみどおりだった。帽子にすっぽりもぐりこんだノリマキは、なかでごにょごにょしている。だれかとひそひそ話をしているつもりらしいけれど、だれとなのかはわからなかった。

連日の雨で、干し野菜もままならない。先週、おかあさんはあることを思いついて「コマコマ記」に書いた。

《雨の日は蒸し料理がいいなあ。外のどしゃぶりに負けないくらいの勢いで、家のなかにも湯気をもうもうさせる。窓をあけはなって、すだれの代わりに、半分透ける布を天井からつるす。ふちどりに金の糸を織りこんだインド風の布がいい。

レインツリーとか、ナイルとか、そんな名前のついたお香をたいて、葵《あおい》の葉のかたちのうちわで扇《あお》ぎながら熱帯雨林にいる気分で飲茶パーティをすれば、うっとうしい梅雨《つゆ》もすこしは楽しくなるというものだ。》

すぐにテコナさんが乗り気になり、店の仕入れで道具街へ出かけたついでに、カートリッジ式のコンロと鍋と蒸籠《せいろ》をたくさん買いこむつもりだ。

ほんとうは「停電になって、電気がつかえなくなったら何をたべる？」ってテーマで〈Maman tekona〉の特集記事を組んでいたんだけどね。「コマコマ記」のつづきは、こんなふうだ。

《よくばりだから、甘いのも辛いのも、中華まんも酒まんじゅうもこしらえる。真っ白なのや香ばしく色づいたの、皮の薄いのや厚いのがある。もっちりした皮に、牡蠣《かき》油と黒コショウで濃いめの味をつけた豚肉がほんのちょっとはいっているのもいい。皮の味わいをたのしみたいから、もの足りないくらいの肉がちょうどよいのだ。

口のなかでするっとトロけるような小籠包《ショウロンポウ》なら、うまみたっぷりのスープがじゅわっとしたたるような豚肉がはいっているのがいちばんだけれど、小えびのピンクとレタスの緑がほんのり透けているのもいい。秋なら蟹《かに》のたまご入り小籠包がごちそうだ。また、ほくほくした皮のなかから、栗がごろごろはみだしたのもいい。

かぼちゃのマッシュにココナッツパウダーをまぜて蒸したのもおいしい。甘みはハチミツをほんのちょっとくわえるくらいでじゅうぶん。黒コショウをぱらっとふりかける。かぼちゃとスパイスって、よくあうんだなあ。もちろんもっと辛いタレをつくったり、ひまわりの種をのっけたりするのもいい。》

よくばって、あれもこれもと思いつきでならべるのは、おかあさんのいつものパターンだ。テコナさんも編集者のくせに、ちっとも修正しないで突っ走る。

もっとも、そういう人ばかりが集まる雑貨店をいとなむテコナさんが、お客さん向けに楽しみでつくっているフリーペーパーにどんな記事を載せようと、だれからも文句はでない。しかも、広告を載せたいという人もけっこうな数になり、号をかさねている。

ぼくも負けずに「チマチマ記」を書く。

こうして飲茶パーティがひらかれることになった。昼ごはんとおやつをかねているる。マカナイの契約外なので、おかあさんが特別料金をはらうことでカガミさんと話をつけた。

おかあさんとカガミさんのあいだでは、こんなやりとりがあった。

「なやましいのはね、蒸したおまんじゅうのできたてのおいしさはカクベツだけど、体重も気になるってことよ。だから、ヘルシーで低カロリーな点心をつくってほしいの。」

この依頼に、カガミさんはいつものぶっきらぼうな調子でこたえた。

「ひとことで云えば、無理。点心は間食であって、カロリー的にははじめからよぶんなものなんだ。食い気をこらえるか、欲望に負けて脂肪をうけいれるかの、どっちかしかないよ。」

「わかってるけど、そこをなんとかしてほしいのよ。雨と蒸籠と湯気とおしゃべりって、なんだかゴロがよくて楽しそうじゃない？　運動をしていい汗をかく人もいれば、わたしたちみたいに日ごろあんまり運動しない者にとっては、こういう屋内活動で汗をかく方法もありって気がするのよ。」

「汗の話が、なんで出てくるんだっけ？」

「節電よ。エアコンをひかえて、暑さをしのぐためには、正しい汗をかいてからだを冷やす機能をきたえておくことが必要なんだって。それで、エアコンをつかわずに窓をあけて熱気と温気《うんき》で汗をかきながら、食べて飲んで陽気におしゃべりをしようっていう集まりよ。だけどいちばんの敵は、暑さではなくて蚊なの。うちの庭にはヤブ蚊がいるでしょ。窓をあけてすごすには、あれをなんとかしないと。」

「香をたくのは、チマキたちにはあまりよくないかも。飲茶のあいだも、閉めださないで遊ばせておくんだよね？」

「だってうちの子だし、ここで好きに過ごすのがあの子たちの日常だもの。お香の件は、山尾《やまお》先生にきいてみる。」

山尾先生は、ぼくとノリマキのかかりつけの医師で、ノリマキに云わせると「オイサシャン」になる。だから、ぼくはミス・オイサと呼んでいる。

その翌日、おかあさんの手もとに、ぼくが冒頭に書いたのと同じメモがまわってきた。カガミさんが、飲茶パーティの点心として書きだしたものだ。

「あらかじめ云っておきたいのは、」

カガミさんは、講義をするような口ぶりになる。

「たいていの点心の生地は小麦粉、あるいは米粉かもち米でつくるものだから、低カロリーにしたくても限界があるってこと。自分で食べすぎに気をつけるか、よぶんに摂取した栄養をすぐに運動で消費するか、あきらめて脂肪を肥やすか、そういう心がまえが必要だよ。」

「ちょっと待って。それじゃまるで、がまんくらべじゃないの。せっかくのお楽しみ会なのに。」

「だから、現実はきびしいんだ。数字をあげれば、よくわかるよ。いわゆるブタまん一個は、大きいのだと四百二十キロカロリーくらいある。小どんぶりにたっぷり盛ったごはん一杯くらいだ。小籠包なら、豚肉のはいったのが中型の蒸籠に五個ならんで三百キロカロリーくらい。ひとつあたりは六十キロカロリーで、肉をつかっているわりには低カロリーだけど、たいてい、ひとつではなく一人前を食べるから、三百キロカロリーと思っていたほうがいい。炭水化物は、いったん糖質になってからだに吸収される。でもつかわなかった場合、外へはでないで体内にとどまるんだ。コマキさん（母親のことを、カガミさんはしばしばこう呼ぶ）の年齢だと、四百五十キロカロリーが一食分の上限で、ブタまんをおやつに食べたら計算上では晩ごはんは必要ない。運動をしないなら、なおのことだ。でもたぶん、コマキさんは晩になればふつうにおなかがすいて、あらためて晩ごはんを食べると思う。すると、そのぶんが確実に過剰になるんだよ。残念ながら筋肉は毎日きたえておかないとなくなってしまうのに、脂肪はいくらでも体内に貯蓄ができる。人類の歴史のなかでは、過去のほとんどの時代が飢えていたから、脂肪をためこむからだを必要としたんだ。この先だってふたたび氷河期になれば、脂肪をたくわえる体質かどうかは、種の存続にかかわってくる。」

「種の存続について、あなたが口にするとはね。」

「一般論として云ったんだ。個人的には考えてない。」

「……でしょうね。まあいいわよ、それは好きにして。点心の話にもどるけど、豚肉や鶏肉のかわりにずわいがにや小えびをつかったら、どのくらいよぶんに食べられる？」

「せいぜい一個が一個半になるくらいだ。問題は具よりも、皮のほうだから。」

「レンコンだの芋だのをすりつぶして練りこんでもおなじよね。」

「芋類もかなりの高カロリーになるんだよ。それに糖質だから、確実に太る。筋肉や骨のもとになるタンパク質をふくんだ肉のほうが、まだしもという考えかたもあるんだ。」

「救いはないの?」

「大根を餃子の皮に見立てるという手がある。ほとんど水分だから、かなりのカロリー減になるよ。スライサーで薄く輪切りにして水にさらし、それで具を包むんだ。」

「なるほど。究極の皮だけど、そこまでしたくないなあ。」

「コマキさんが思ってるほどには悪くないよ。蒸せば大根のうま味がじんわり出てくる。エスニック風の辛みのあるタレとよくあうよ。千枚漬けとはまたちがった口あたりだし、なにより漬けものとちがって塩分の多さを気にしなくてもいい。」

「皮をとるか、肉をとるかだったら、皮にするわ。中華まんも酒まんも、具がなくてもいいってほどに皮が好きなのよ。もちろん、あんこがはいったのも好きだけど、それをがまんして、白い皮のところをよぶんにたべるの。」

「涙ぐましいね。」

「賢治さんも云っているじゃないの。〈小麦粉とわづかの食塩とからつくられた/イーハトヴ県のこの白く素朴なパンケーキのうまいことよ〉ってね。あれは、おせんべいのことだけど、おまんじゅうも、皮があればこそよ。賢治さんの故郷とおなじ名前の花巻《はなまき》なんて、味もほとんどついていないし具もないのに、蒸したては最高においしいわよ。二個目からは、ちょっとタレをつけるの。チリ・イン・オイルをつかった辛いのがいいわね。」

「ヨーグルト菌に地方ごとの特色があるのとおなじで、生地を発酵させるイースト菌にも地方ごとの味があるんだ。大陸には皇帝由来のイースト菌があるらしいよ。それでつくった小籠包の皮は薄くて丈夫で、口にふくめばたちまち具といっしょにとろけて、のどへすべりこむんだってさ。」

「菌類は、あなどれないわね。」

「それと、エスニック風のタレだけど、ナンプラーや豆板醤《トウバンジャン》は、塩分が多いから気をつけないといけない。たとえば、豆板醤は小さじ一杯で塩分が一・四グラムもある。成人が一日に摂ってもよい塩分は六グラムが理想で、コマキさんの年齢だとさらに減らす努力が必要だから、辛味がほしいなら、単純にトウガラシをつかったほうがいい。アジアンマーケットなら、コマキさんの好きな中辛や激辛のトウガラシが各種そろってるよ。」

「低カロリーの自家製点心だと、いくつ食べられるの。八個はいける？」

「プリンやタピオカのおやつも食べるつもりなら六個。」

「中華レストランの飲茶のワゴンなんかだと、四、五人の友だちとでかけてそれぞれ二種類くらいたのんで、あっというまに八個や十個たいらげるのよ。そのほかにマンゴープリンや、杏仁粉のとろとろお汁粉や、タピオカいりのココナッツミルクヨーグルトなんていうのまで食べちゃうのよ。六個＋αっていうのは、いかにも口さびしいなあ。」

「蒸しあがるのを待つあいだに、中華風サラダで腹ごしらえをするといいんだ。ふつうは春雨でつくるから、カロリーを気にするならたくさん食べるべきではないけど、ぼくのはこれを白滝でつくってある。だから、野菜を食べているのとおなじなんだ。」

「コンニャクくさくないの？」

「八狐《やっこ》の白滝だから、だいじょうぶ。」

「ああ、あの谷中《やなか》のお店の。」

「ほかに干したキュウリや大根がたっぷりはいって、しゃきしゃきした歯ごたえになる。野菜を干しておくとビタミンがこわれるのを防げるんだ。小えびやずわいがにを茹でてほぐしたのを、くわえてもいい。レモンと黒酢に黒コショウとトウガラシをきかせたタレにしてあるから、豆板醤やゴマ油をつかったタレほどはカロリーは加算されないんだ。鶏挽き肉のそぼろもつくるつもりだけど、それはぼくの。女子会の人たちより、食べてもいい一日分のカロリー量が多いから。」

「ずるいわね。自分だって気分は女子のくせに。桜川《さくらがわ》くんを呼んじゃおうかな。」

「きのうから、上海へ行ってる。出張で。」

「……へえ、そうなんだ。いちおうスケジュールは知ってるわけね。」

桜川くんが、弁当はしばらくいらないからと云ってきて、それでカガミさんは出張の件を知ったのだ。


そんなこんなで、飲茶パーティの当日になった。

カガミさんは朝ごはんの片づけをすませて、そのまま台所にこもり、点心の下ごしらえにはげんでいる。

酒まんじゅうには、かぼちゃをマッシュしたあんがはいる。砂糖はひかえ、ドライブルーベリーの甘酸っぱさをアクセントにする。

そばまんじゅうは黒糖で甘みをつけ、おしょう油をかくし味にする。小豆《あずき》のあんこのかわりに、ヒュウガナツのピールを生地といっしょに練りこんで、まるめて蒸籠にいれる。ぼくにはカンキツ類の味わいはわからないけど、粉の甘みとヒュウガナツのほろ苦いところがよく合うんだって。

蒸し器をのせた鍋をいくつもならべてもうもうと湯気をたてる話に大乗り気だったテコナさんから、ひとりひとつあてのカートリッジ式コンロと蒸籠と鍋とが、まえもって宝来家にとどいた。もともとは、停電にそなえた防災用品としておかあさんがテコナさんに注文しておいたのを、お中元として贈ってくれたのだ。

おあつらえむきの雨もふり、最初に書いたとおりのかっこうで、テコナさんが黒ずくめのレインコートであらわれた。いまはおみやげにもってきてくれた花を挿《い》けている。そのかたわらで、小巻おかあさんは手さばきを見物する。

「花はキンポウゲに似てるけど、葉っぱがちがうわね。それによく見ると、真ん中がふくらんでイソギンチャクみたい。クマノミが棲んでいそうじゃない？　こっちの黄色っぽい花も、おなじ種類なの？」

「それは雄花です。ことしはちゃんと咲いてくれたみたい。雌雄べつで、小巻さんがイソギンチャクって云ったほうが雌花です。」

「雄花は咲かない年もあるの？」

「咲くことは咲くんですけど、早すぎたり遅すぎたりの、ハラハラドキドキくんです。だれかに似てるとは、あえて云いませんが。」

「だれ?」

「だから、云いませんって。白くてモシャモシャしたのが雌しべで、そこの下がふくらんで実ができるんです。育つと見なれたかたちになりますよ。」

「わたしでもわかる?」

「もちろん。あの酸味は小巻さんの好物だと思うな。ビタミンCがたっぷり。」

「花の季節がいまごろなら、実が熟すのは秋よね。」

「この時期は南半球からの輸入品が店頭にならんでます。」

「なるほど。それでわかった。鳥の名前とおなじのでしょ。キウイね。」

「あたりです。東京の果樹園ではもう花の季節は終わっていますけど、実家のほうは今が花どきで、朝のうちに切り花にしたのをそのまま包んで母がもってきたんです。新幹線が通じてから、思いつくとわたしの都合などおかまいなしに出かけて来ちゃうんだもの。」

「いいじゃないの。どうせ、あなたに案内してもらわなくたって、身軽に好きなところへ遊びにゆくつもりなんでしょう?」

「それはもう、お芝居でも演奏会でも、チケット売り場で当日券のあるのでいいという人だから。歌舞伎だって幕見《まくみ》をするんですよ。」

「通《つう》じゃない。」

「計画性がないだけです。」

「計画性のない人が、野菜をつくったり花を咲かせたりなんてできないわよ。時間を有効につかえる人なのよ。」

「貧乏性っていうか。」

花を挿けたテコナさんは、ぼくを手招きする。

「ほんとうは、チマキくんがどんな反応するかと思って、ちょっと楽しみだったんだけど、どうもしないみたい。」

「そうよね。キウイなんて名前をつけてるけど、マタタビといっしょだものね。このあいだ、セイシロウさんの農園でキウイフルーツの果樹園にはいったらしいけど、カガミの話では、まるで反応しなかったみたいよ。」

「ライオンでもトラでも、子どもはマタタビになんて見むきもしないそうですよ。チマキくんも、きょうだいといっしょに遊んでいるから、まだ幼いんですね、きっと。」

なんだか、テコナさんのことをきらいになりそうだ。ノリマキとは遊んでいるんじゃなくて、面倒をみてるんだよ。なにしろチビだから、世話がやけるんだ。

ほら、いまだってちょっと目をはなしたすきに、窓の外へ顔をつきだして軒端《のきば》から落ちてくる滝のような雨にうたれて頭だけぬれねずみになっている。外へ頭をだせばぬれるってことが、予想できないんだ。

「あれま！　ぬれちゃって。ここへおいで、ふいてあげる。」

テコナさんは、いつも手さげのなかにいれている大きくてやわらかいタオルをひろげて、ノリマキをひざにのっけた。ふわふわのガーゼのタオルだから気持ちがいいんだ。ぬれたのは頭だけのくせに、ノリマキはおなかをだしてあおむけになって、目をつぶっている。いい気なもんだ。

ぼくはちょっとあばれたくなって、廊下のリノリュウムを張ってあるところでスリッパ飛ばしをして遊んだ。来客用の夏の麻のスリッパは軽くてよくすべるけど、ドードーさんの愛用品だったスコットランドのどこかの家の目印になっている水色と緑と赤のチェックのウールでできたスリッパは、底が厚くて重いので遠くへ飛ばない。なぜかだれもしまっておこうと云いださなくて、ときどき遊びにくるジャン＝ポールがちゃっかりはいている。そのスリッパが玄関先や洗面所のまえに脱いであると、おかあさんは「あら、もう帰ってきちゃった、原稿が片づいてないのに」とあわてて台所へかけつけ、お茶のしたくをはじめる（仕事からもどったドードーさんと晩ごはんのまえに茶飲み話をするのが、ふたりの日課だったのだ)。それから、ふと正気にもどって、亡くなったことを思いだすのだと云っている。

ドードーさんこと圭《きよし》さんは、おととし六十七歳で亡くなった。松寿司《まつずし》の太巻《たまき》おじいちゃんがことし八十一歳になるのとくらべてずいぶん若いうちに亡くなって、みんなに惜しまれたそうである。でもおかあさんは、ちがう意見だ。

「足腰が弱るまえに長患いもしないであの世へ逝ったのだから、しあわせ者なのよ。うらやましいくらいだわ。ナポリもカプリも見物して、帰ってきてまもなくポックリなんだから、本人もさぞかし満足でしょうよ。」

そんなふうに云っている。

棟つづきのアトリエに通ってくるマダム日奈子《ひなこ》にも、暦《こよみ》さんが声をかけて飲茶に誘った。

すると、

「平日の昼間は間食しない主義だから点心はいただかないけど、お茶はごちそうになりたいわ。カガミさんがいれてくれるお茶はおいしいから。」と云ってきた。

さすが、自己管理にたけたマダムである。

ぼくとノリマキはきょうの朝ごはんに、小えびと鶏肉そぼろと、にゃんフードのカリカリをもらった。だからおなかがすいているわけではないけれど、ノリマキはほかで遊びあきると台所へゆく。

実は十日ほどまえから、カガミさんが新しく手にいれた米とぎざるをねらっているのだ。植物のつるで編んであって、ふつうの金属製の水切りざるにくらべて深さがあり、底がまるい。指と手のひらをつかってとぐときに、底がまるいほうが具合がいいのだ。たぶん、ざるのなかへ入りこんでまるくなるのにもちょうどいい。

でも、カガミさんはそのざるに関しては用心深くて、ぼくにもノリマキにも、まだ一度たりともさわらせてくれない。つかうときは、すべりが悪くてぼくにはあけられない引き戸の戸だなからとりだし、乾燥させるときも、わざわざぼくたちには未踏の地である二階のどこかへもってゆく。

あるいは、ハンギングネットのなかへすっぽりおさめて、ぼくたちがさわれないようにする。おまけに乾いたざるは、きっちり布でくるんで引き戸のなかへしまうのだ。

みんなのごはんをとぐのにつかうざるだから、ぼくたちがおもちゃにしてはいけないのは当然でもあるけれど、どうもそれだけじゃないらしい。

「だってあれは、マタタビのつるで編んだざるだもの。そりゃあ、用心するわよ。キウイの花にも木にも反応しなかったらしいけど、きみたちは、いつガールハントをはじめてもおかしくないからね。」

暦さんは、そんなことを云う。だけどマタタビがなんだかわからないから、ぼくはちっともなっとくできない。暦さんが小食堂のテーブルのうえでひろげている新聞に、ずんずん乗っかって、説明をもとめた。

暦さんには、カンタンなにゃん語なら通じる。すると「云わぬが花ってこともあるの。」と、笑ってはぐらかされた。ノリマキは、あの米とぎざるのなかにおさまって、だれかにゆすってもらい、ブランコ遊びをするのを夢見ている。

短縮授業でふだんよりもはやく下校しただんご姫が、ちょうど雨あしがはげしくなったところを、ぬれしずくになって帰ってきた。学校指定のフードつきのレインコート（学校かばんを背負ったまま着られるように背なかに余裕があって、サイドラインにジッパーがつき、コートを着たまま学校かばんのなかみをとりだすこともできる）のすそや袖口《そでぐち》から雨水がしたたっている。

勝手口のひさしの下でレインコートをぬいでしずくをふるい落としただんご姫は、それをコートかけにつるし、リネン室でびしょぬれのハイソックスをぬぎ、足をふいてかわいたソックスと室内ばきにはきかえた。きょうは、茶色の地に紅いイチゴのもようがついたソックスを選んだ。雨の日は、ハデなのが気分なんだって。

それから自分の部屋へいって、制服を胸あてつきのデニムのスカートに着がえてきた。制服のブラウスは夏仕様のコットンガーゼになっていて、それを着たままだ。

暦さんが廊下ですれちがって「ぬれた靴に新聞紙を詰めておきなさいね。でも、きょうの朝刊はだめよ。」と云いながら、木でできたマグに豆乳のミルクコーヒーをついだのをもってリネン室にはいった。きょうは洗濯当番だから、乾燥機からとりだしたのをたたんで整理して、アイロンかけをする仕事があるのだ。

短縮授業の日のだんご姫はいつもより朝ごはんをたっぷり食べて、おべんとうを持たずに学校へゆく。そうして、おなかをすかせて帰ってくる。

さきに食べはじめてよいと云われただんご姫は、蒸籠にいれるまえの白い餃子やおまんじゅうがならんだトレイをのぞきこんでいる。

「お昼ごはんのかわりだから甘くないのがいいけど、桃まんじゅうはかわいらしいから食べるんだ。」

桃のほっぺに、ほんのりとひと刷毛《はけ》の薄紅《うすべに》がさしてある。蒸しあがれば、さらにふっくらして桃らしくなる。

「これは白いあんこ?」

「白でも、小豆のあんこでもないよ。里芋と山の芋のペーストなんだ。甘味はメープルシロップをほんのちょっとくわえただけだから、ひとつ食べて七十キロカロリーくらいかな。ほんとうは、花豆でつくった白あんをいれたいところだけど、コマキさんが低カロリーにしてほしいと云うから、いくらかでもカロリーが減るように里芋をつかったんだ。見た目があまりよくないのが欠点だな。レンコンにしろ、百合根にしろ、白あんになりそうなのは、たいてい里芋より栄養価が高い。かつての日本人はそういうものを栄養源としてきたんだ。カロリーが高い食物を敬遠するなんていうのは、歴史的に見れば異常な時代なんだよ。」

そうよねえ、と暦さんが話に割りこんだ。

「バランスのよい食事のためには野菜を一日三百五十グラムは摂りましょうって、たいていの健保組合のリーフレットに書いてあるけど、根菜や豆類は栄養学でいう野菜の定義からは、はずれるのよね。ジャガイモとひよこ豆のはいったカレーをつくるとするじゃない。イメージとしてはヘルシーカレーのつもりなのに、野菜を摂ったことにはならなくて、ただでさえ脂質の多いカレーが、炭水化物と糖質でさらに高カロリー食になるだけなのよ。ジャガイモや豆のかわりに、ホウレン草やブロッコリーを入れましょう、なんて管理栄養士のコメントがつくの。……蒸し餃子の皮も手作りなの？」

「そうしたいところだけど、生地を手づくりするとどうしても厚くなるから、きょうは低カロリーを優先して市販の餃子の皮をつかうことにしたんだ。具にはずわいがにや小えびをいれるんだけど、せっかくひとりひとつの蒸籠があるから、それぞれが好みの具をいれた餃子をつくればいいと思って、いろんな具を薬味のようにならべてみたんだ。ずわいがにと干し大根をきざんだのや、おからの五目煮や、レタスと小えびとかぼちゃのペーストなんかもなかなかうまいよ。カロリーが高くてもかまわないから肉がほしいという人のために、豚肉の小さな団子も用意した。ひじきを煮たのや、切り干し大根といっしょに包むのがおすすめだけど、そもそも自分で包むのはめんどうだという人は、リクエストしてくれればぼくが包むよ。」

「ブタまんはなし？」

「それだと、さすがにつまらないから、小さい中華まんをつくったんだ。肉より皮を味わってもらうおまんじゅうだけどね。きょうの点心のなかでは、いちばん手をかけた。発酵とベンチタイムをくりかえして準備したから。肉は十グラム。」

「わたしなら、カロリー的にはいくつまで食べられるの？」

「砂糖をひかえて、ひとつが七十キロカロリーをこえないようにしてあるから、まんじゅうだけの場合は、六個。」

「それでも六個なの？」

「だって、杏仁豆腐もあるんだよ。それを食べるつもりなら、六個が限度、皮だけのを選べば八個かな。」

「杏仁豆腐のカロリーはどのくらい？　牛乳でつくるのよね。」

「きょうは豆乳でつくった。シロップなしで食べれば、ひとつ四十キロカロリー。アンズのドライフルーツをのせてシロップをかけるとプラス八十八キロカロリー。」

「トッピングを足しただけで、いきなり、そんなにふえるんだ。」

「シロップは豆乳のくさみが気になる人のために用意したんだ。なくてもじゅうぶん食べられる。アンズのドライフルーツは、まるごとの砂糖漬けだから、どうしてもカロリーが高くなるんだ。シロップだけなら、プラス二十キロカロリーぐらい。」

「悩みどころねえ」

ためいきをついている暦さんに、小巻おかあさんから声がかかった。リビングのソファやサイドテーブルを飲茶パーティらしくならべかえるのを手伝ってほしいと云ってきたのだ。暦さんはさっそくリビングルームへかけつけた。

だんご姫は、まだ迷っている。皿に五つのおまんじゅうがのっている。

「曜《ひかり》は日中の運動量が中年の人たちより多いから、三個ぐらいよぶんにたべても平気だよ。皮だけで具のないまんじゅうを選べば、さらにもうひとつたべても平気だ。ただ、ぼくがつくったのは市販の肉まんにくらべて、もそもそした口あたりかもしれない。ちかごろの人がふっくらとなめらかな皮を好むせいで、市販品はますますふわとろのほうへシフトしてる。砂糖やマーガリンやショートニングをふんだんにつかっているんだ。悪玉コレステロールを増大させるトランス脂肪酸もたっぷり。」

「サイズも、どんどんジャンボになってるよね。学校のちかくに、赤ん坊の頭くらいありそうな大きなブタまんを売ってる店があって、いつも行列してる。みんなが歩きながらほおばっているのを見ると、綿菓子を食べているのかと思うくらい。冬の昼ごろなんて、ボヤとまちがえて消防車が呼ばれてしまうほど湯気がもうもうとあがってるよ。夏だと、そこの路地にはいったとたん、ほかより湿気がむんむんしてすごいの。でも、たしかにおいしそうなんだ。その道を通らないようにして、どうにかがまんしてるけど、このさきもがまんするにはどうしたらいい？」

「五年後の自分を思いえがいてみるといいよ。体型として、どれがふさわしいか。土瓶、茶瓶、なべ、やかん、あるいはヘチマかカボチャかトピナンブー、またはナス、キュウリ。いい悪いじゃなくてさ。」

「……トピ？」

カガミさんはお茶の仕度と流しの片づけとでいそがしくなる。ガラスのポットのなかで、蓮《はす》の花が咲いたようにひらくお茶や、光のかげんで黄金《こがね》色にかがやくようなお茶をいれている。

だんご姫もじゃまするのをやめて、ほかの人より先に湯気のたった蒸籠をあけて、トングをつかって選んだ点心をならべた。

お茶だけいただくわ、と云っていたマダム日奈子がアトリエとリビングルームを仕切っている扉から姿を見せた。この家には棟つづきのアトリエがあって、リビングルームと扉一枚で通じているほか、外玄関もある。

マダム日奈子はそのアトリエで、フランス仕込みの刺しゅうの製作をしている。ここで、あらためて家族関係を整理しておこうと思う。もうわかってる、という人は読みとばしてくれていい。この家のいまの主は単身赴任中の樹《いつき》さん（だんご姫のおとうさん）だが、そのまえはドードーさん（小巻おかあさんの夫）だった。

ドードーさんは二度の結婚をしている。はじめの夫人がアトリエを所有するマダム日奈子で、そのつぎが小巻おかあさんだ。樹さんと暦さんは、マダム日奈子の息子と娘である。カガミさんは小巻おかあさんの息子だ。

小巻おかあさんは結婚するまえもそのあとも、ドードーさんが亡くなってからも、ずっと翻訳の仕事をつづけている。いっぽうのマダム日奈子は独身時代に商社ではたらいたあと結婚して仕事をやめ、子育てにとりくんだ。やがて樹さんが成人し、暦さんが高校を卒業した。するとこんどは「独立宣言」をおこなった。天職をみつけたわ、というのがその理由だった。

「思いたったが吉日、という人だからねえ。ちょっと耳を貸してくださいませよ、と口にしたときにはもう、フランスにある刺しゅう工芸学校の入学手続きをすませていたんだから、人の助言など聞きやしないのさ。」とジャン＝ポールが笑う。

マダム日奈子はその学校で刺しゅうを学んで帰国して、刺しゅう工芸家になった。テキスタイルデザイナーと組んで、コレクション用の服地に刺しゅうをする。

ジャン＝ポールが説明してくれたところでは、刺しゅうというと日本語では縫うことを意味するけれど（だから縫い師とも呼ぶ）、ベルギーやフランスやイタリアやスペインの刺しゅうは「編む」ものなんだ。マダム日奈子の刺しゅうは、糸だけではなくビーズや貝殻や革や羽や小枝なども、糸といっしょに編みこんでゆく。

だから、アトリエには刺しゅうの糸や飾りにつかうこまごまとしたものがたくさんある。瓶や箱やひきだしのなかにつまっている。アトリエの扉があいているときはぼくもノリマキも自由に出はいりしてかまわない。箱やひきだしをのぞいてもいい。

でも、大きな机の上にはのぼらない約束をした。ぼくたちがちょっと苦手な、オレンジの薫りの精油がぬってある。そこは大事な預かりものの布をひろげる仕事机だから、ぼくたちが遊んで毛だらけにしてはいけないんだ。

きょうのマダム日奈子は、夜から出かけてゆくところがあると云って、いつもよりいっそうおしゃれに着飾っている。袖のないチョコレート色のロングワンピースのうえに、同色のボイルの着丈の長いブラウスをはおっている。シック&エレガントなそのようすを、にゃん的にたとえて云うなら、メインクーンとかノルウェージャンのかんじだ。

衿《えり》のところがボリュームのあるひだになっていて、マダム日奈子のちょっとつん、とした感じの顔だちをひきたてている。でもほんとうはちっとも気どったところのない、さばさばした人だ。

マダム日奈子は、扉のそとで出迎えたのがぼくだけだったので、おちびちゃん（ノリマキのことだ）は？　と云って小食堂をのぞきにきた。うたた寝中のノリマキをひざに乗せたジャン＝ポールが、ひとりでくつろいでいた。みんなはリビングルームにあつまっているので、

「おやあなた、いらしてたの。お盆でもないのに。」

ぼくが知るかぎり、マダム日奈子はジャン＝ポールに気づいた最初の人だ。どうしたわけか、みんなジャン＝ポールがドードーさんのイスにすわっていても、スリッパをはいて歩きまわってもまるで気にしないし、話しかけもしない。

まるで見えていないみたいなんだ。おかあさんなんて、ぼくがドードーさんのスリッパを持ちはこんでいると思っているくらいだ。

「なあに、カレンダーにしたがわなくてはいけない道理はないよ。」

ジャン＝ポールはすまして、そんなふうにこたえた。

「そりゃあね、あなたのお立場ではそうでしょうけど、あいにくこちらの界《よ》には時と都合ってものがあるの。きょうは小巻さんの企画した〈お集まり会〉なのよ、あなた。ここの家のおじょうさんがたのほかに、お友だちをまじえて女ばかりでかしまし

くすごすそうよ。くれぐれも、ぬっと出てあの人たちをおどろかせるのはよしてくださいませね。」

「さいわいなことに、ぼくの姿が見えるのは日奈子さんだけでね。……この子たちをべつにすれば、」

ジャン＝ポールはぼくとノリマキのことを云っている。

「あら、小巻さんはごらんにならないの？　あんなに浮世ばなれした人もないものだけど。」

「あれで、意外に現実派なんだよ。」

「だって、このあいだも庭でひとりでしゃべっているから、なにごとかと思ったら、頭上のカラスに向かって、おたくのぐずったれをちょっと黙らせてくれない？　だなんて苦情を云ってるのよ。」

「たしかに、あそこの夫婦は息子を甘やかしすぎだよ。」

「どこの夫婦？」

「だからカラスのさ、」

「どうして夫婦だとわかるの？　兄弟かもしれないでしょ。カラスは姿がみんな同じなんだもの。」

「まあいいよ、カラスのことは。小巻さんがどうかって話だったじゃないか。ああ見えて、足はしっかり地面を踏んでいるんだ、あの人は。だから、ぼくがいるのにも気づかない。」

「あら、残念ね。お話しなさりたいでしょう？　小巻さんは、ゆかいな人だもの。」

「そのかわり、このちびっこたちが相手になってくれるよ。ぼくはジャン＝ポールと呼ばれているんだ。」

「ヨハネ＝パウロでなくて、まだしもだわ。」

「そうかな。」

「ええ、そうですとも。」

だんご姫は、蒸しあがった自分の蒸籠をもって、リビングルームへいった。ぼくたちもくっついてゆく。ソファやサイドテーブルのならべかえがすんで、テラスに面した窓をあけてある。

お香はテラスでたいている。ミス・オイサは通気をよくすれば室内でたいても平気でしょう、と云ってきた。くりかえし大量のけむりが出るのでなければ、かまわないとのことだった。

でも、ノリマキはけむりに反応したのか、なにかほかのものを連想しただけなのかよくわからないけれど、遠くのお香のけむりを目にして、くしゃみをした。

すると、そのあとからは蒸籠の湯気をみても、くしゅっ、とくしゃみがでるようになった。べつに鼻がむずむずするとか、けむたいわけではなく、湯気をみると反射でくしゃみが出るらしい。

だんご姫は、桃まんじゅうからたべはじめた。いちばん好きなものを真っ先に口にするタイプなんだ。ぼくはかくしておいて、あとで食べるのが好きだな。

うまさをあじわっているときのだんご姫は、いつもすました顔つきで、うんともすんとも云わずにパクパク食べる。いまも、その表情だ。

ほかの人たちも、好きな点心を選んで蒸籠におさめた。蒸しあがるのを待つあいだに、みんなはカガミさんのすすめにしたがって、白滝の中華風サラダを食べている。

だんご姫はさきほど豆モンにメモしておいたトピナンブーについて、となりにすわった暦さんにたずねた。

「トチメンボーと聞きまちがえたんじゃない？　カガミって、話しかたがぶっきらぼうだからね。」

「トチメンボーなら知ってるの？」

「こころあたりは、ある。」

「それって、どこの国のことば？」

「『猫』に出てくるの。だから日本語。そこの本だなにあるはずだけど、文庫本が見つからないわね。だれかが持ちだしてるのかな。」

はい。実はぼくが持ちだしているんだ。いま、読んでいるところ。『猫』に登場する美学者が西洋料理の店で、でたらめに注文する料理がトチメンボーなんだ。「注」には人の俳号をしゃれたと書いてある。

だんご姫と暦さんの会話に気づいた小巻おかあさんが、豆モンをのぞきこんだ。

「それって、トピナンブールじゃないの？　フランス語でキクイモのことよ。食糧難のときの代用食で、いまはダイエット食よ。太らないイモだから。ごぼうとおなじイヌリンがふくまれていて、そのぶんは食べても消化されないの。……かたち？　よくないわね。アーティチョークのできそこないみたいで。」

つまり、カガミさんがさっきだんご姫に云いたかったのは、キクイモみたいな体型になりたくなければ、キクイモを食べるといいってことだね。

4. Summer
ちびっこたちの昼ごはん&おやつ

かぼちゃと豆乳のポタージュ
夏野菜の寒天よせ
レタス&ほかの野菜もいっぱいチャーハン
ホタテ貝柱&ミックスビーンズのマリネ
ブルーベリーのスムージィ
＋
ナスの冷製煮びたし

かくれる場所をさがして、ノリマキが廊下をそわそわと走りまわっている。きょうは恐怖の〈グウグウだっこ〉が来る日なのだ。ノリマキにとっては、〈マックロくろすけ〉や〈おんぶオバケ〉にならぶ、手強《てごわ》いやつらだ。

いまさら説明はいらないと思うけど、ノリマキはまだオバケやヨウカイやカイジュウをこわがっている。ぼくがいまのノリマキとおなじ七ヵ月くらいだったころは、赤ん坊みたいなノリマキをつれて放浪生活をしていたんだから、弟というのはつくづくのんきな種族で、うらやましい。

〈マックロくろすけ〉は夜になった階段や廊下のどこかにひそんでいる。電灯のかげんで、ゆらりぬらり大きくふくらんで壁に映る自分の影やいっしょにいるだれかの影なのだが、ノリマキにはそれが自分の足もとから伸びているとはどうしても信じられず、目にしたとたんに総毛だってしまうくらい怖いものなのだ。

〈おんぶオバケ〉も、ほんとうはオバケなんかじゃない。クロウの若造（ヨアケジュニアのようなヨワッチではなく、なまいき盛りの不良）が、庭で遊んでいるノリマキの真上を、わざと低空飛行でよぎって黒々した影を落としてゆく。

ノリマキには、それが背なかに取りつこうとして迫ってくるオバケに思えるのだ。〈グウグウだっこ〉はテコナさんのママチャリに乗ってあらわれる。ほかのオバケにくらべると、やや可愛らしいが、やっかいでもある。それは、背なかがすっぽりかくれるゴージャスな背もたれのついたチャイルドシートにまたがってやってくる。

このあいだまでは週に二回ほどあらわれた。テコナさんのママチャリがおかあさんの家のすこし手前でブレーキをかけるたびに、ぼくもノリマキもそれを聞きつけて身がまえたものだった。

ありがたいことに、四月から〈グウグウだっこ〉は小学校へかようようになり、授業がある日はあらわれなくなった。

おかあさんのところへ「コマコマ記」の打ちあわせでやってくるテコナさんも「ひとりで乗る自転車がこんなに快適だったなんて、すっかり忘れてました。スピードがちがうんだもの。」とおかあさんに云っている。「ひさしぶりに、そこの下り坂で、べー乗りしちゃいました。まだ、できるんだと思って、ほっとしたぁ。」とのことだ。

べー乗りとは、ヤジロベー乗りの省略で、テコナさんのつもりではごく一般的な表現らしいが、もちろんそうではない。ようするに、両手放しで乗ったという意味。

テコナさんもいい歳をして、むちゃをするものだ。おかあさんも、さっそく注意をした。

「まだまだ若いつもりでしょうけどね、先輩として云わせてもらえば、自覚しているよりも筋肉っておとろえてるものなのよ。十年前とおなじバランス感覚を維持できるほどの筋肉があると思ったらおおまちがい。ないの。ぜんぜんよ。部活で鍛えていたからへっちゃら、なんて反論するでしょうけど。」

「筋力はまだ自信があるんだけどなあ。」

「だめだめ。筋肉はとろけるの。昔のチカラコブもいまごろはタルタルとか、ぷにゅぷにゅに化けて棲みついてるだけよ。」

「ぽよぽよもいます。」

「でしょう？」

おかあさんたちも、ヨウカイにまつわりつかれているらしい。

四月以来、しばらく平穏な日々を送っていた。けれども、小学校には夏休みというものがあって、それにともなって〈グウグウだっこ〉も復活した。

「チマキ、ノリマキ、お待たせ、ココが来ましたよ。いっしょに遊ぼうね。」

ココナちゃんは、完全にかんちがいしている。ぼくたち兄弟が待ちかねていると思っているのだ。つかまると、ギュウギュウ責めにあう。だからノリマキは〈グウグウだっこ〉と呼んで恐れている。ギュウギュウと云えなくて、グウグウになる。

ココナちゃんの声を聞くなり、たちまち逃げだすのだけれど、ノリマキは廊下ですべってころぶので、そこでつかまる。まさに簀巻《すま》きで、うかうかすると具が外へ飛びだしそうになる。

きょうもきょうとて、テコナさんのママチャリが門をはいってくる。ノリマキは、すぐに見つかることうけあいの寝床にもぐってみたり、ドードーさんのスリッパに頭をつっこんでみたり、的はずれなことばかりしている。

台所の窓辺のティーポットには、ノリマキといえども、もうすっぽりとはおさまらなくなった。それに、行方不明だったふたも見つかって、かんたんにはもぐりこめない。なぜか、ふただけ鋳物でずっしり重く、ノリマキには持ちあげるのはむろん、ずらすこともできない。

おかあさんの家にきて、五ヵ月ちかくになり、ノリマキもだいぶ成長したのだ。でも、まだまだちびっこで、苦手なものがたくさんある。そのたびに、カガミさんのところへ駆けつける。おかあさんも頼りになるけれど、午前中はめったに二階からおりてこないので、あてにできないのだ。

でも、きょうのおかあさんはめずらしく朝から小食堂にいる。カガミさんのいれたおいしいコーヒーと、キウイとキュウリとブロッコリー・スプラウトを盛りあわせたのを、バルサミコ酢であえてたべている。ビタミンCたっぷりサラダだ。シリアルとしてハトムギをまぶしてある。
ノリマキは、イスにすわっているおかあさんのひざへよじのぼった。カイジュウが来る、と訴えている。ノリマキの分類的には〈グウグウだっこ〉はカイジュウで、〈マックロくろすけ〉はヨウカイだ。とはいえ、ノリマキがなにを訴えたところで、おかあさんの耳には「みゃみゃみゃみゃむむむうみゃう」ぐらいにしか聞こえないと思う。
「ふふふ、こんな朝から起きているなんて、めずらしいと思ってるんでしょ。きょうはね、おでかけなの。区民まつりで、テコナさんたちとフリーマーケットに参加するのよ。わたしと暦《こよみ》さんは自作の冊子や古本をならべ、テコナさんは雑貨、それにセイシロウ農園のリカさんが畑の食堂をひらくの。とれたての野菜がいっぱい食べられるベジカフェ＆ダイナーよ。だから、きょうは、どこのおかあさんも大忙し。それでね、ちびっこたちはここんちで、早《さ》っちゃんに子守りをしてもらうの。カガミはごはん係。わたしとテコナさんとリカさんで、ふたりをやとったの。だから、ノリマキもみんなと仲良くおるすばん頼むわね。」（うみゃもみゅ↑ノリマキの返事）
そうなんだ！　知らなかった。……これはたいへんなことになったぞ、と思うまもなく、からだを、ひょいと持ちあげられた。油断していた。

「チマブー、つかまえた。」

その声はハコちゃんだった。テコナさんの長女で九歳の小学生である。自転車をつらねて、いっしょに来ていたんだ。ママチャリしか目にはいらなかった。うっかりしていた。

ハコちゃんは、ぼくのことをチマブーと呼ぶ。だんご姫が、パリ暮らしのカホルさんにヒカブーと呼ばれているので、ハコちゃんはそれをフランス風だと思ってまねしているのだ。

ハコちゃんのおなかを軽くけっとばして逃げた。玄関さきへ駆けてゆくと、門のまえにチェリーレッドのはではでキャブコンが到着したところだった。通称〈リカちゃん食堂〉だ。キチネットをつけてダイナーに改造した軽トラックで、キャビンのドアをひらけば、日よけつきのスタンドバーになる。折りたたみのテーブルとスタッキングチェアも積みこんであって、このままどこかへ駐車すれば屋台に早変わりする。きょうの区民まつり会場での〈リカちゃん食堂〉は、野菜中心ではあるものの、肉もありだ。

「ベジタリアンではない人にも食べやすいようにしたの。」(リカさん談)とのことだ。メインメニューはかぼちゃと白いんげん豆と鶏肉の〈おなかにやさしいほくほくコロッケ〉と、十種類以上の野菜と豆でつくった〈たべごろ夏野菜のフリッター&豆カレー〉と、細切りピーマンの〈ビタミンたっぷり、とろとろスープ〉だという。セイシロウはおなじ会場の直売所で野菜を売るため、ひとあしさきに出かけたそうだ。テコナさんのダーリンも区民まつりの実行委員のひとりなので、さきに会場いりしている。つまり、きょうはおとうさんたちも子守りができない。

おとなたちが遠足のような騒ぎをしているいっぽうで、まるでその気のない子どもたちは、ふだんの土曜日のつもりでのんびりしていたのを、無理やり出かけるしたくをさせられて、どうにもきげんが悪い。

顔をあらってハミガキして髪の毛をとかして、なんてことを時間に追われながらしなくてもいい、だいじなだいじな朝だったのに。

リュックを背負った男の子が、リカさんに連れられて文句《ブーブー》を云いながら〈リカちゃん食堂〉からおりてくる。「来週はゼッタイに、Dランドだからね。ゼッタイ、ゼッタイだからね。」

「だから、来週はおばあちゃんちへいくことになってるの。きのうも、そう云ったでしょ。あそこからは、Fランドのほうがちかいから、Fランドにしようってこのあいだきめて、コンチだってそれでいいって云ったじゃない。むしかえさないで。」

「Dランドがいい。」

「ぶどう狩りはどうするのよ。シャトーでお茶をしてミックスベリーのアイスクリームケーキを食べるって云ったじゃない。」

「Dランド!」

すねているのは、セイシロウとリカさんの息子で、もうじき三歳になる紺三郎《こんざぶろう》だ。両親とも長身なので、からだつきはけっこう大きいが、なかみは赤ちゃんだ。さらにひとり、晴れているのに長靴ばきの女の子が車からおりてきた。紺三郎の姉で五歳のユリアだ。たぶん、こちらもリカさんを困らせる手段として、はくはずの運動靴を拒否して長靴になったのだろう。

胸もとにシャーリングのたっぷりはいった、ストロベリーピンクとベジタブルグリーンというナイスなコンビネーションのチュニックにインディゴのデニムできめているが、顔つきといえば仏頂面《ぶっちょうづら》だ。長靴だし。

ぼくはミャーコおばさんのところで、ちびっこがどんなふうにおかあさんを困らせるか観察した経験があるから、家を出るまでのリカさんと子どもたちのやりとりも、なんとなく想像がつくんだ。

小食堂が、ざわざわしているところへ、勝手口から早っちゃんがやってきた。きょうは遊びに来たのではなくて、子守のアルバイトとして三人のおかあさんにやとわれている。早っちゃんのシャツがみんなの注目をあつめた。白地にえび茶のそろばん玉をならべて、そのなかにヤマブキ色の丸紋が描かれている。実はひとつひとつの丸紋が小さなヒマワリなのだ。遠目には粋で、近よると可愛い。

「小林《こばやし》くんのそれ、しゃれたプリントね。もしかして輸入もの？」

「昭和三十年代の、輸出用の国産生地なんです。」

「びっくり。そんなモノがのこってるの？　いったいどこに？」

雑貨バイヤーのテコナさんが、ちょっと悔しそうな口ぶりで云う。

「繊維問屋だった親戚の倉庫に眠ってたのをもらいました。見本用で、ちょうどシャツ一枚ぶんくらいあったんです。」

「ってことは手作りなわけね。器用なんだなぁ。」

「着たい服は、めったに売ってないから。」

「わたしも別の意味で既製服がダメなのよ。標準より肩幅があるの。筋肉がついてるからね。」

テコナさんが肩の厚みを、親指と人差し指でしめしてみせた。たしかに、テコナさんの全体のからだつきにくらべて（どちらかといえば細い）、肩だけやけにがっちりしている。だから、力持ちでもあるのだが、どうして肩だけ筋肉質なのかは、まだ説明がない。

それにしても、自前のファーがないのって不便なんだね。

フリーマーケットの会場までは、荷物も人もみんなそろってだんごみたいにかたまって〈リカちゃん食堂〉で移動する。わいわいハシャギながら三人のおかあさんと暦さんが出発したあとに、ひとかたまりのちびっこがのこされた。

ハコちゃんは小学四年生だから、なかではいちばんのおねえさんで、お年頃も微妙だ。ちびっことは云えないけれど、小娘の本領を発揮するには、まだ世の中の観察が足りない。先輩のだんご姫ほどのわきまえもない。べつの云いかたをすればデリカシーに欠けている。思ったことをそのまま口にしてしまうのだ。

「紺三郎くんって、もしかしてまだ紙パンなの？」

紺三郎のリュックの口があいていて、そこからのぞいているのは、まぎれもなく「紙パン」のおとりかえ用だった。紺三郎はちょっとまえにリュックから愛用のタオルをとりだして、そのあときちんと口を閉じておくのを忘れたのだ。

迷彩柄のバンダナを頭に巻きつけ、ミリタリー風Tシャツ＆カーゴパンツのいでたちで、それなりにかっこよくきめていた紺三郎は、云われなければ紙パンすなわち、つかい捨ての〈パンツ型〉紙オムツをしているかどうかなんてわからなかったのに、うっかりリュックの口を閉めるのを忘れたばかりに、めざといハコムスメに見つかり、秘密を暴かれてしまったのだ。

遊びに夢中になってトイレへいくのを忘れるなんて、なんとも奇妙な話だ。あのちびのノリマキでさえ、トイレはちゃんとひとりでできる。お乳をくれたミャーコおばさんが、しつけてくれたのだ。だから、ついさっきまで、ちびっこの顔つきだったのに、いまは紺三郎より自分のほうが「おにいちゃん」になったと思って、口をすぼめて澄ましている（ノリマキはそれが、おとなっぽい顔だと思っている）。

紺三郎は、めそめそ泣く。

「ちょっと、そこのきみたち。」

ここまで、だまって書きものをしていただんご姫が、エラそうな口ぶりで、ちびどもをしかりつけた。

「宿題のじゃまをしないでもらいたいものね。カロリーの計算中なのよ。気が散るじゃない。」

だんご姫の手もとのノートの表紙には、例によって骨太の筆文字で〈カロリカ7〉と書いてある。なんでも表題をつけたがるだんご姫なのだった。

彼女が通う学校では、「食育」のカリキュラムがあり、この夏休みに宿題がでた。朝昼晩の一週間ぶんのカロリーを記録する課題だそうだ。外食したときは、その内容をくわしく書き、表示があればカロリーも「豆モンして」おく。

参考書のカロリーポケット辞典には、品目ごとの百グラムあたりのカロリーが載っている。それを参照して、なにを何グラム食べると何キロカロリーになるか、計算するのだ。

一週間ぶんのカロリーだから〈カロリカ7〉なのだろうけど、だんご姫がなんのパロディでそう名づけたのか、ぼくにはわからない。

毎食のカロリー計算のほかに、「わが家の定番」と「わたしの創作料理」と「とっておきのスイーツ」を一品ずつ、レシピとできあがりの写真（またはイラスト）を添えて提出しなければいけない。小学五年生ともなると、なかなか手のこんだ（つきあわされる保護者にとっては、はた迷惑な）宿題がでるものだ。

カポリン（ぼくがカホルンと云おうとするとこの発音になる）は、テレビ電話で

「ああ、めんどうくさい。図書館へいって、十年ぐらいまえの料理の本からテキトー

に〈一週間の献立〉を丸写ししておけばそれでいいわよ。冬じゃなくて、夏のをね。ばか正直に家のごはんを実況してくる子なんて、ふつうはいないでしょ。先生だって、そのくらい承知よ。モンカ省がうるさいから、つきあってるのよ。」

「ウチは大丈夫だよ。カガミがいるから。」

「だから、それもNGよ。両親が夫婦別姓の事実婚で共働きで、おまけにひとりは京都、ひとりはパリへ単身赴任中だなんて、そんなこと書かなくていいのよ。わかってるでしょうけど。」

「あのね、カホルンがいそがしくしてるから云いそびれてたけど、親子料理教室ってのもあるんだ。二学期のあいだに、保護者の都合のよい土日を選んで、申しこむの。管理栄養士の指導のもと料理をつくって、いっしょに食べるんだって。カガミに代理で出てもらおっか?」

「カガミくんはだめよ。ますます家族構成をあやしまれるじゃない。……トホルにたのんで。親子面談のときだって、父親になりすまして参加したんだし、そんなばかげた行事はトホルみたいなペテン師でちょうどいいってものよ。」

「いいの? 管理栄養士は若い女の人だよ。冷房で冷えるからって、夏でもウールのハイソックスはいてる学校の先生とちがって、美脚ラインストッキングかなんかの、太ももまでしかないのをはいてるンだよ。」

「どうして太ももまでしかないってわかるのよ。いくらなんでも教育現場でマイクロミニなわけじゃないでしょ。」

「スカートなのに、車から片脚ずつおりてくるからだよ。」

「……そうだった。ニホンの若い女の子って、車の乗りおりに腰をまわすってことをしなくて、まず脚がでるのよね。イスにすわるときのひざもランデ・ヴーしてないの。まあ、いいわ。ともかく、わたしも樹《いつき》さんもとうてい参加できないし、スケジュールを調整する価値があるとも思えない。その気もないしね。悪いけど、トホルにたのんでみて。断ってきたら、わたしが、アレをばらすと云っていたと伝えて。かんがえなおすはずよ。」

「……アレってなに？」

「アレはアレよ。トホルにはそれで通じるから大丈夫。」

「ふうん。で、食べてもいいの？」

「だって料理教室っていうのは、テーブルにならんだごちそうを、ぜんぶきれいにたいらげるものなんでしょ。だったら、かまわないじゃないの。」

「そうだね。桜川《さくらがわ》くんにたのんでみる。」

だんご姫も最初からそのつもりで、カポリンの了解をもらいたいだけだったのだ。

それじゃあね、と満足そうに電話を終えた。

宝来《ほうらい》家の定番料理で、だんご姫が作れそうなレシピをカガミさんに相談したところ、「夏だから、あっさりしたかんじのレタスチャーハンがいいんじゃないかな。」ということで、それにきまった。

創作料理のほうは、だんご姫が好きな「巣ごもりパン」になった。「とっておきのスイーツ」は、玄米甘酒ひんやりスイーツだ。甘酒といっても、砂糖で甘くしたものではなく、米麹《こめこうじ》がもっている甘味だけの、無糖無添加の甘酒だ。

オリジナルレシピはもちろんカガミさんなのだが、ほかの同級生だってインターネットで検索したのを、ちゃっかり「わたし流」といって書くにきまっているから、かまわない。

だけどなにもきょう作らなくっても、という日に作りたがるのがだんご姫の悪いくせで、ちびっこどもが小食堂にひしめいているこんな日に、だんご姫の料理教室もおこなわれている。

色白で細おもてのカガミさんは、その外見によって繊細で神経質そうな人柄を連想してしまうけれども、おかあさんとドードーさんの息子だけあって、実は見かけよりずっとたくましく、ずぶといところがある（桜川くんは、学校時代にカガミさんを泣かせようとしたものの、実際に泣くところは見たことがないと証言している）。

年少者には寛容な、ふところの深い人でもある。だから、迷惑がっていると受けとれる硬い表情のときでも、実際はだんご姫の強引さをゆるしているのだ。

だんご姫の宿題にあわせて、ちびっこたちの昼ごはんもレタス&野菜いっぱいチャーハンになった。これで、カガミさんはだんご姫におしえながら、ちびっこたちのごはんも用意できる。

セイシロウのツレのリカさんは、きょうの〈リカちゃん食堂〉のメニューには、だれにでも人気のコロッケやカレーを選んでいるけれど、子どもたちにはもっと淡泊《たんぱく》なものをお願い、とカガミさんにたのんで出かけた。

野菜のそれぞれの味わいをおぼえるまでは、脂の旨みでなんでも口あたりよくなってしまうコロッケやカレーは、なるべく食べさせないようにしているのだそうだ。

「野菜農家なんだもの。野菜そのものの味になじんでほしいのよ。」

レタスチャーハンのほかに、かぼちゃの豆乳ポタージュと、ホタテ貝柱とミックスビーンズのキウイソースマリネがつく。それと夏野菜の寒天よせだ。

暴露しよう。ホタテはぼくとノリマキの朝ごはんののこりものだ。ぼくたちは朝ごはんに、かぼちゃ＆大豆ペーストをトッピングしたカリカリと、ホタテ貝柱をバターで焼いて、冷ましたあとでキウイと凍ったレモンのすりおろしで和えたのをもらった。知ってるかなあ。酸味の強いキウイとレモンをマリアージュすると、これが酸っぱさ倍増かと思いきや、ほんのり甘くなるんだ。

酸っぱいレモンとバターも相性バッグンで、口のなかでとけると、ホタテ貝柱が何倍も大きくなったようにふんわりしておいしい。カガミさんによれば、ぼくたちはタウリンっていうアミノ酸をきちんと摂らなければいけなくて、ホタテ貝にはそれがいっぱいふくまれているんだって。ビタミンCといっしょに食べると吸収がよくなるんだ。

ノリマキはレモンがとけこんだバターが大好きで、匂いがしてくるだけで台所へかけつける。冷めるのを待ちきれなくて「ぼくのだよ、ぼくのだってば、ああん、もう待てないよう」と叫びながら後足で立ちあがって踊っている。

もらえばもらったで、こんどはホタテをひとくちかんでは、バターをナメナメというふうだから、顔じゅうにバターをぬりたくったようなありさまになって、しずくをポタポタとたらして、いつもどおり敷いてもらったチェブ柄（ノリマキのお気にいり。どうやら、チェブと自分は似ているると思っているらしい。ノリとごはんと巻きものの色の配分が、だいぶちがうけど、まあいいか）のピクニックシートのぜんたいをベタベタにした。そのうえを歩くから、肉球もベタベタになる。それをなめるのに夢中になって、こんどは寝っころがり、背なかまでベトベトになる。

でも、カガミさんがちゃんと世話してくれる。ノリマキをリネン室へ連れていって、あったかタオルでふいて、ふわふわタオルでくるんでくれる。そのまま、アケビかごのなかでノリマキはしばし、うたたねをする。のんきなものだ。けれど、きょうはそのさいちゅうに、ちびっこ軍団が宝来家にあつまってきて、ノリマキは寝ぼけまなこでかくれ場所をさがして歩くことになった。

結局みつからず、〈グウグウだっこ〉におそわれたんだけど。

さてと、だんご姫の料理教室をのぞいてみよう。きょうはうしろボタンの、フランスの小学生風の白いタブリエを着ている。胸のところで切りかえになって、ふわっとひろがっている。頭には三角巾ではなくゴムのはいったマッシュルームみたいなのを、すっぽりかぶっている。前髪も後《おく》れ毛もかくれるから、このほうがいい。三角巾から髪の毛がはみだしているのは、おそうじのときはべつにいいけど、ごはんを作るときはヘンだよ。なあんて、そこらじゅうにスリスリして、毛だらけにしているぼくたちが云うことじゃないけどね。

レタスチャーハンには、玄米のあったかいごはんをつかう。炊きたてではなく、おひつで保温しておいたぶんだ。油は、カガミさんの作りおきのネギ油をつかう。長ネギをきざんでハーブソルトをふりかけて、おひさまの出ている日に軽く干す。それを保存瓶にいれて、うえから油をそそぐ。三日ぐらい寝かせてからつかいはじめるんだ。ネギのエキスがしみこんで、香ばしい油になる。

いつものぶっきらぼうな調子でカガミさんのレクチャーがつづく。これで、めんどうがっているのでも、いいかげんなのでもない。

「ネギ油をつかえば、味つけはしらすぼしと炒りごまだけでいい。しらすぼしの塩分があればじゅうぶんだから、塩もいらない。コマキさんのぶんは卵もつかわないんだ。その日の、ほかの献立にもよるけどね。ボケ防止には卵も食べたほうがいいんだけど、カロリーが高いから要注意だ。でも、食べざかりの曜《ひかり》は、むしろ卵いりのほうがいい。」

油でちょっと炒めたレタスは、おいしそうだな。ぼくはマドモアゼル・ロコと暮らしていたころ、ロコのお友だちのレナさんのところで、生のレタスを食べるのが大好きという姉妹にあった。ひと玉を半分に分けあって、レナさんに手でちぎってもらったのを朝のごはんのときにむしゃむしゃっと、ぜんぶたいらげてしまうのだ。

炒めたレタスの味を知ったら、ひと玉ほしがるかもしれないね。おかあさんの「コマコマ記」には、鍋でまるごとのレタスをゆでるっていう料理が紹介してある。なんと松寿司《まつずし》のマカナイなんだって。和風の仕出し料理屋でも、マカナイには洋風献立があるのだ。食いしん坊おかあさんの、原稿を写しておく。

《レタスはサラダとして、つめたく冷やして生のままパリパリたべるのがいちばんおいしいと思っている人に、さもなければランチメニューにおまけでついてくるサラダの器のいちばんしたにカサあげのために敷いてあって、たべのこすものと思いこんでいる人に、目からウロコっていうレタス料理をひとつ。

ほんとはないしょにしたいけど、ごちそうはケチケチしないで分かちあわなきゃ、バチがあたる。だから、とっておきのあったかレタス料理を大公開。だって、そもそも秋も終わりの、空気がひんやりするころが旬の野菜だもの。熱々だっていいはずでしょ。

なんてもったいぶっちゃって、実はすごくかんたん。お鍋が作ってくれる。ほらほら、ホウロウびきの色のきれいな鍋があるでしょ。そうなの。フランスが世界にほこるあのお鍋。あれをつかうの。ついでにこのレシピも、鍋を自慢したいフランスの家庭料理。まずはレタスをまるごと、沸騰《ふっとう》したお湯で五分くらいゆでる（塩を小さじ一杯ほどいれておく。レタスは半分ずつゆでてもよい）。

とりだして、こんどは鍋の底のほうに二センチぶんのスープをはる。べつにきっちり計量しなくてもいい。レタスが足湯につかるのね、ぐらいのかんじ。スープだってなんでもいい。チキンでも昆布だしでも。そこへブーケガルニをほうりこむ。このごろはティーバッグになったのがあるから、べんりべんり。それでかまわない。バターをひとかけ。発酵バターがおすすめ。

フランス人だと平気な顔してベーコンを敷きつめたり、半カップぶんもあるバターをつかったりするけど、そんなオソロシイまねのできないおくゆかしい日本人は、バターのかおりがつくくらいの分量にする。

それから、好きな豆の缶詰をひとつ。二百五十グラムぐらいあるのを、ぜんぶどばっと鍋にあける。ゴーカイけっこう。一種類の豆でもいいし、ミックスビーンズでもいい。

砂糖のかわりに、オレンジピールかレモンピールをつかう。ハーブソルトをすこし。鶏肉を焼いて冷凍したのがあれば、そういうのをいれてもいい。皮のところとか、ササミとか。そこへまんまるのレタスをのっけて、鍋のふたをして蒸し煮にする。じっくり三十分くらい。

待つだけのかいはある。しっとりやわらかレタスを切りわけて、たっぷりの豆といっしょに、ちょっと厚手のスペイン風の焼きものの、青い鳥やクローバーなんかが描いてある深めのお皿に盛りつける。どうしてキャベツじゃあないの？って思っているあなた。

それは、レタスの語源 lactūca の lac が乳を意味することばで、タンポポやアザミの茎をポキンとおったときに白いミルクが出てくるのとおなじく、レタスにもミルクがあって、それがここちよい眠りをさそってくれるという特典があるからなの。

逆にいえば、昼間はあまりレタスをたべないほうがいい。とくに原稿を書かなくてはいけないときはね！》

ちびっこたちは、早っちゃんの引率で近所の探検にでかけた。といっても、おとなりのマルコさん家《ち》の庭で遊ばせてもらうだけだ。もともと梅農家だったマルコ家の敷地は、このあたりではケタちがいにひろい。マルコさんのおとうさんの代からすでに梅の出荷はしていないが、自家製のぶんをつくる木はまだのこっている。

クマおじさんは、マルコ夫人といっしょにミス・オイサの「ダイエット講座」にでかけている。あきらかにこってりしたものの食べすぎだから、仔牛肉とグリュイエールチーズのパイ包みだとか、白身魚のベシャメルソース仕立てだとか、そういうのをマルコさんといっしょになって食べるのをやめればいいだけだ。ミス・オイサの指導を受けるまでもない。

クマおじさんにしたところで、ダイエット講座などどうでもよくて、キャリーケースにおさまってきげんよく出かけてゆくのは、ミス・オイサのところにいるリラ（ライラッククコートが似合う女の子で、おハナと足の裏がライラック・ピンクのおしゃれさんだ。おデブと大食漢が大キライってことは、クマおじさんも承知のはずなんだけどね）に逢いたいからだ。

今ごろの梅の木は盛んに葉がしげって、もう剪定《せんてい》をしない老木だから背も高くなっている。十数本がかたまって植えられたあたりは、いったいが夏の午前の遊びにはちょうどよい木かげだ。

その下で、ハコちゃんとココナちゃん姉妹がゴム段をはじめた。人数が足りないから、木と木のあいだへゴムを張りわたす。まずはくるぶしの高さで、これは紺三郎にも跳べた。だんだん高くしてゆく。

とちゅうで、先輩格のだんご姫もくわわった。ルールのすりあわせでハコちゃんとちょっともめた。ふたりの通っている学校がちがうから、ルールにもちがいがあるのだ。ナカ、ソトと跳ぶときに、ゴムをひっかけたらアウトかセーフか、ソトのときに左右の足の着地がズレたらアウトかセーフか、そんなことだ。

だんご姫がおねえさんらしく、譲歩した。それなのにハコちゃんのほうがきげんをそこねて、つんつんしている。ぼくは女の子というものは、九歳ぐらいがいちばん始末が悪いぞ、というのを学んだ。

調整係のはずの早っちゃんは、紺三郎の「おトイレ」につきあっていて、この場にいなかった。帰ってくると、ベテランらしく逆立ち跳びや側転跳びや、超ジャンプなんかの曲芸を披露した。男跳びだけでなく、(当然だけど)女跳びも得意だった。ハコちゃんも早っちゃんの達人ぶりを認めて、いっぱい拍手をした。

ユリアだけは、みんなに背を向け、ひとりで泥だんごづくりに熱中している。背なかにはアルチザンの意地がある。きょうはどうあっても、いい子になる気はない。ふくれっつらのまま、マイペースをつらぬくつもりだろう。

若手のだんご職人の手もとをのぞきこんで、だんご姫は「なかなかの傑作をつくってるじゃないの。梅肉なんかいれちゃって、色の具合がリアルだね。」とほめた。すると、ムスッとしていたユリアが顔をあげてニッコリした。

がんこ職人にも、気持ちがほぐれるツボはある。

つづけてだんご姫は、ぼくのところへやってきて耳うちした。「ノリマキがちょっとおなかをこわしたときくらいの感じだったよ。完成品の持ちはこびには、苦労するだろうけどね。」

リアルって、そういう意味だったのか！

そろそろ、子どもたちの昼ごはんがはじまる。みんな土曜日にしてははやく起こされて朝ごはんもはやく食べて宝来家に集合したので、もう台所のようすを気にしてそわそわしはじめている。

カガミさんは早っちゃんと相談して、ランチを早めることにした。ちびっこたちをテーブルにつかせる。

朝のうちにつくって冷たくしておいたかぼちゃの豆乳ポタージュを、はじめにだした。おとながそば猪口《ちょこ》につかう、小さな器によそってある。皮つきのかぼちゃをマッシュしているから、うっすらとグリーンがかっているけれど、ていねいに裏ごししてあって、ちょっとやわらかめのソフトクリームみたいだ。でも、クリームもバターも砂糖も卵もはいっていない。お豆腐をちょっとくわえて、フードプロセッサーでまぜるときにスイッチのON、OFFをくりかえすと、こんなふうになる。あとは豆乳のコクとかぼちゃの甘みだけなんだ。

つづいて野菜の寒天よせがでる。器用なカガミさんはきれいなひし形に切りわけて、ガラスのお皿に盛りつけた。赤いプチトマトと黒豆の色の対比がおもしろい。おとな用につくるときは黒オリーブをいれるところを、きょうはちびっこたちだから口あたりがちょっと甘くなるように、カガミさん流で黒豆にしてあるんだ。そのぶん、寒天には甘みはついていない。ほかに切り口がおもしろいオクラとレンコンもはいっている。

テコナさんから電話がかかってくる。みんなが行儀よくしているかどうか、早っちゃんに確認するためだ。いまのところ、おりこうにしている、と早っちゃんが報告した。

ぼくとしては、ユリアの静けさが気にかかる。セイシロウ農園であうときの彼女は、軽トラの荷台によじのぼって、ひばりとはるみ（↑ユリアのおじいちゃんの趣味）のどっちか、または両方をメドレーで歌いまくっているエンターテナーなのだから。

リカさんから追加の伝言があった。「紺三郎はトイレがあやしくって、本人がまだ平気と云っても実際はギリギリなのよ。早っちゃんやカガミくんがトイレにいくときは、そのつどいっしょに連れていってほしいの。ユリアは、もうひとりで大丈夫。それに、紳士のサポートはうけつけないと思うの。たとえ、ふたりが実際は女子でもね。」とのことだった。

だんご姫は、カガミさんがちびっこたちのレタスチャーハンをつくっているとなりで（ここの家には四つ口の大きいガス台のほかに二つ口の小さいガス台もある）自分のぶんも同時進行している。

カガミさん特製のネギ油をフライパンで熱して、そこへしらすぼしをパラパラッとふりおとして、生ぐさいのが消えるまで炒る。あったかいごはんと、干したナスやキュウリをくわえる。とき卵をいれるときは、それもここでかけながす。きょうはなしだ。だんご姫は焼いただけのかためのオクラも好きだからそれもくわえた。

しらすぼしがダシになるので、塩コショウはしない。さいごにレタスを手でちぎっていれて、さっと炒めて火をとめる。熱いうちに、凍ったレモンをおろし金で削りながらふりかける。チーズをトッピングしたみたいだけれど、その正体はレモンのシャーベットなんだ。野菜とごはんをざっともうひとまぜしたらできあがりだ。

「レタスは炒めると、なにとでも相性がいいから、小エビとブロッコリーを組みあわせてもいいし、ズッキーニとタコでもうまいよ。オリーブの酢漬けとクルミ、トマトとパセリ、赤ピーマンとカシュウナッツなんかもいいね。ボリュームをだしたいときは、鶏のひき肉やささみや、豚肉の薄切りもありだ。ニンジンの細切りとタラコもあうんだけど、魚卵をつかうときはコレステロールや塩分濃度のことを気にしたほうがいい。そんなふうに、思いついたのをいろいろためしてみれば、それが曜の創作料理になるってわけさ。」

「だってぇ、カガミにぜんぶ云われちゃったよ。」

「まだまだ。ひじきとごぼうに、レンコン……、」

「ストップ!」

「ともかく、曜のように共働きの両親を持っている子は、ごはんさえあれば、あとは自分でちょっとしたものを作って腹ごしらえできるようにしておいたほうがいいんだ。ぼくもそうだったけど、空腹で今すぐたべたいというときには缶詰が重宝だ。ツナやアサリの水煮缶なんかは、自分用のを常備しておくといい。塩分濃度やカロリーがいくらか高くても、つけ汁をぜんぶつかわないようにすれば大丈夫。それに、ファストフードや惣菜パンの買い食いにくらべたら、ずっとカロリーをおさえられる。知ってると思うけど、ハンバーガーはシンプルなものでも、二百五十キロカロリーぐらいある。惣菜パンも、たとえばどこの店にもあるベーコンエピが、百グラムあたり二百五十キロカロリーくらいだ。ベーコンはカロリーも高く塩分も多い要注意の加工食品だと認識しておいたほうがいい。クロワッサンは店によってバターをつかう量に差があるけど、小ぶりなのでもひとつが百八十から百九十キロカロリー。カスタードクリームやチョコレートペーストをつかったデニッシュ系だと、さらに百キロカロリーくらいふえる。曜の年齢の子がたべる茶碗一杯のごはんは百六十キロカロリーだから、それにくらべればずいぶん多いことがわかると思う。缶詰を買うときの注意としては、オイル漬けはやめたほうがいい。あの脂はどうにもならないから。それに、へんなにおいもする。カロリー計算もいいけど、添加物がはいっていないかどうかもついでに気にしてごらん。」

レタスチャーハンができあがり、ちびっこたちはそれぞれに箸やフォークやスプーンをもってたべはじめた。ポタージュをすでにすませているから、黒豆のお茶がでている。小食堂のテーブルはちびっこたちに占領されて、だんご姫がノートをひろげるスペースはなさそうだった。

おまけに、ちびっこたちはノリマキなみのお行儀でテーブルにお店をひろげている。宿題のノートは避難させておいたほうがよさそうだ。だんご姫も「においつき」でレシピを提出しなさいとは、云われていないはずだから。

そのまま台所にのこっただんご姫は、サイドテーブルつきのイスで、つくったばかりのレタスチャーハンをたべつつ、首からつるした豆モンに材料を書きだして電卓でカロリーの計算をしている。

週明けには、休暇がとれる樹さんとパリから帰国するカポリンと合流して琵琶湖のちかくの貸しバンガローで夏休みを過ごす予定だ。だから、だんご姫は「食育」の宿題をきょうじゅうにすませるつもりでいる。

昼ごはんもそこそこに、こんどは巣ごもりパンづくりにとりかかった。こちらはだんご姫もこれまでになんどかつくったことがあって、カガミさんの指導がなくても大丈夫なのだ。

カガミさんはちびっこたちのごはんの世話で食べるひまもない早っちゃんを助けに、ちびちびたちのところへいった。

台所のまえの廊下をユリアが玄関のほうへむかってトコトコあるいてゆく。この家のつくりはちょっと変わっていて、二階には寝室ごとにサニタリールームがあるのに、(そのせいかもしれないけれど) リビングルームや大小の食堂や台所がある一階には、玄関ホールにたったひとつトイレがあるだけなのだ。ちびっこたちは、小食堂にちかいカガミさんの半地下の部屋のトイレをつかうように云われている。けれど、ユリアはわざわざ遠いほうを選んだ。きょうの彼女は、ことん〈わたし流〉をつらぬくのだった。

「ひとりで大丈夫？」

だんご姫がおねえさんらしく声をかけた。早っちゃんやカガミさんをべつにすれば、小学校五年生のだんご姫がいちばんの年長で、本人もちょっとはその自覚があるのだ。

ユリアは真ん中で分けた髪をそれぞれ両耳のちょっとうえで結わえ、チョコレート色の地に青い水玉がプリントされたシュシュでくるむようにねじっておだんごにしている。だから、とんがり耳のように見える。その頭をゆすってうなずいた。

ところが、まもなくもどってきた。いくらちびっこでもはやすぎる、とふりむいたら、ユリアではなくて桜川くんがあらわれたのだった。ドアホンを鳴らさなかったから、わからなかった。一応、用心棒がわりとしてここの家の鍵を持っているから、自分であけてはいってこられるのだ。

「いまそこで、こまこましたのとすれちがったけど、ここはいつからバンビ園になったんだ？」

「テコニャンたちがフリマだから、ちびっこをあずかってるの。……なんでバンビ園なの？」

「あっただろ？　となり町に。カガミがいってたところ。」

「いつの話よ。」

「それにしても、よく曜に子守なんかまかせる気になるよな。」

「だから、わたしじゃなくて、早っちゃんが子守でやとわれたんだよ。カガミはごはん係。で、桜川くんはいまごろなに？」

「なにって、これからギャラリーめぐりに出かけるんでね、昼めしでも喰うかなって。」

「ここで？　昼はマカナイがないんだよ。知ってるくせに。」

「この季節だし、はやめに片づけたほうがいいものが、一品や二品、冷蔵庫にはいってるものだろ？」

「ふつうの家の冷蔵庫なら、未確認物体や堆積物があるだろうけどね。ここはべつなの。いくらでも口があるし、カガミはすンごくきっちりしてるから、管理されてないものなんてないよ。それに、来週は人数がゲキゲンするからね。いつも以上に片づいてると思うけど。」

「ゲキゲン？　みんな出かけるのか？」

「コマキさんとコヨミッチはいっしょに北海道旅行。わたしは家族旅行。パリからもどってくるカホルンと京都へいって、おとうさんと合流するんだ。」

「で、カガミは？」

「るすばん。だって、マキマキがいるから、みんなで出かけるわけにはいかないもん。順番だよ。カガミはいちばんあとでいいって。」

「へえ、カガミだけるすばんなんだ。」

「……なにかたくらんでる？」

「いやべつに。いま知ったばかりだし。」

「ふうん、これからかんがえるの？」

「なにを？」

「だから、それをわたしが訊いてるの。桜川くんってさ、カガミをいじめるのがたのしみなんでしょ？」

「いじるのが、」

桜川くんは、すかさず訂正した。「いじめ」るのは悪いが、「いじ」るのはそうでもないと云いたげだ。勝手に冷蔵庫をのぞきにゆく。

ここの家では、冷蔵庫をおくスペースが、台所のなかではなく、外の廊下にある。外国人は骨つきの鶏をまるごとグリルするし、バケツみたいな容器にはいった生クリームやアイスクリームをすぐにたいらげ、トレッキングシューズの靴底みたいなステーキ肉を買いおきするので、そういう人たちにあわせた洋服だんすみたいに大きな冷蔵庫が必要で、そうなるとシステム化された台所にはおさまらなかったのだ。

宝来家の冷蔵庫もかなり大きい。これにくらべると、マドモアゼル・ロコのはずいぶん小さかった。はいっているものも、だいぶちがっていた。ロコは顔にぬるクリームもたべるクリームもみんないっしょに冷蔵庫へしまっていたんだ。ときどき、まちがえて(近眼だったから)、顔のクリームをなめていた。

マヨネーズも好きだった。宝来家ではだれもマヨネーズを口にしない。そのかわりに、大豆のディップにお酢やワインビネガー、好みによってマスタードやバジルペーストをくわえたものをつかう。

だんご姫がつくろうとしている「巣ごもりパン」でも、この大豆ディップをからしマヨネーズやからしバターのかわりにする。つかうのはサンドイッチパンで、だんご姫は耳つきをつかう。正方形の各辺から、それぞれの四分の一くらいのところまでナイフで切りこみをいれる。

オーブン焼きができるプリンカップを用意して、サンドイッチパンを一枚ずつ、カップの型におさまるように押しこんで、とがったところがチューリップの花のかたちになるようととのえる。それを予熱したオーブントースターにいれて、花びらのてっぺんがこんがりキツネ色になるくらいまで焼く。お好みだから、ちょっと色づいたくらいでやめてもいい。カップから取りだしたときに、ちゃんとチューリップのかたちをしていればいいのだ。

そこへマスタードやバジルペーストで味つけした大豆ディップをぬり、ゆでた野菜をブーケ風につめこめばできあがりだ。だんご姫は大豆ディップにキュウリ&クルミをミックスしたのと、マスタード味のをつくってパンのなかにぬっている。

カガミさんがやってきて、桜川くんをみつけた。先輩は、保存用の器にはいったナスの煮びたしを手にしている。カガミさんが、今夜の自分の晩ごはんのおかずにするつもりだったひと品だ。

おかあさんたちは、フリーマーケットからもどったらみんなで「打ちあげ」の宴会をひらく。その店はもう予約してあって、ちびっこたちもいっしょだ。実は宴会好きの早っちゃんもいくけれど、カガミさんはパスするつもりで、冷蔵庫におかずを用意していたのだ。

「もらってもいいかな？」

もちろん、カガミさんは先輩にＮＯとは云えない（云わない）ので、どうぞ、と応じて、おひつにごはんもあります、とつけくわえた。

「ショウガはある？」

「きざみましょうか？」

「いや、自分でできる。ちょっと多めにもらうよ。それと鍋を借りたいんだけど。これ切れ味はよさそうだな。」

包丁のことだ。当然、カガミさんの包丁はよく切れる。だからぼくたちが、さわれないところにしまってあるんだ。

桜川くんは、よく切れる包丁でショウガを針のように細くきざんだ。鍋では昆布だしを煮て、そこにお酒をくわえ、きざんだショウガをはなった。しょう油を数滴たらす。ひと煮たちさせて火をとめた。

「ちょっと行儀の悪いことをさせてもらうよ。……おれはこれが好きなんだ。じいさんの悪影響でね。」

桜川くんは、ごはんのうえに冷えたナスの煮びたしをのっけて、焼きのりをまぶして、そのうえから、鍋で煮たてたショウガのつゆをかけた。

そのあいだに、カガミさんはサイドテーブルつきのイスを廊下のちょっと広くなったところ（サービスルームと呼んでいる。アコーディオンカーテンのしきりがあり、ふだんはあけておく。夜はぼくたち兄弟の寝床をおく場所になる）へだした。

桜川くんは、サンキューと云いつつ、そこへすわった。

「ナスはじいさんが庭でつくってたんだ。煮びたしも自分でつくる。大鍋で十五本くらいいっぺんに煮て、まずはできたてを昼めしとして熱いうちに味わい、晩には昼間に冷やしておいたのを、酒の友にする。翌朝はパスして、……あのじいさん、朝食はパン党だからな。しょう油味の出番はないんだ。ブレッド＆バターに、プチパンケーキ、トマトやブロッコリーと豆がたっぷりのサラッドをたべる（じいさんの口まねだ）。そうして昼に、ふたたびナスだ。冷やごはんにゆうべの煮びたしの、きんきんに冷えたのをのっけて、焼きのりをまぶし、そこへ熱いショウガのつゆをぶっかける。これがうまいんだよ。焼きのりのかわりに、おぼろ昆布のこともあるし、削りガツオのこともある。しらすぼしや、あじの干物を細くさいたのや、鶏のささみってこともある。どれにしたってうまいんだ。煮びたしのできにもよるけどさ、カガミがつくったなら、問題ないよ。」

コロシ文句がでた！　だんご姫は、桜川くんが背なかを向けたすきをねらって、声にはださず「悪魔！」と云った。ぼくもまねをした。

カガミさんは、表情こそふだんのとおり愛想のない、そのくせ夏でもさっぱりとして品のいい顔のままだったが、鍋いっぱいのナスを連想しているんだか、桜川くんがきざんだ糸のように細い針ショウガをまぶたに浮かべてひそかに萌えているんだか、洗いものをする手がとまっている。

桜川くんは「うまいな。」と云って、茶碗一杯のナスまんまを、さらっとたいらげた。ことさら気を配っているようすはなかったけれど、着ている白いブロードシャツに一点のしみもとばさないのはさすがだ。

つかった茶碗を洗おうとして、ちかくにいただんご姫に「エプロンを貸してくれ。」とうながした。カガミさんは小食堂のちびっこたちがたべ終わったかどうか、ようすを見にいっている。

「カワイイのとシブイの、どっちがいい？」

「オススメは？」

小娘のあつかいかたも手慣れている桜川くんなのだった。こんな場合、どちらかを選べばドツボにはまる。ひらひらフリルか御用聞きの腹がけみたいなのがでてくるのだ（三河屋とか大和屋とかの）。選ばせるのが正しい。小娘相手の場合は、そういう法則になっている。

だんご姫は、紺地に白ぬき文字で〈まっ鯨《くじら》〉と書いたのを持ってきた。鯨という字のなかに、一頭の鯨がいるような書だ。それもカガミさんの〈停留所にてスヰトンを喫す〉のエプロンとおなじく、だんご姫の書いた文字を染めぬいたものだ。落款《らっかん》は、曜と読める。

「まっ鯨ってのは？」

「まっしぐらのこと。芥川龍之介《あくたがわりゅうのすけ》が、わざとそう云いまちがえるのが好きだったんだって。カガミにおそわったの。この字は、鯨師匠《くじらししょう》にほめられた。」

説明するのを忘れていたけど、鯨師匠というのは、だんご姫の書の先生であると同時に、母方のひいおじいちゃんでもある。つまり桜川くんがさっきから話している「じいさん」と同一人物だ。

「曜の書は、市場へだせばちゃんと買い手がつくよ。樹さんの許可がおりないから、身内だけでたのしんでいるわけだけど。」

「悪魔のささやきだ。」だんご姫は耳をふさいで逃げてゆく。いれちがいに、カガミさんがちびっこたちのランチの食器を引きさげてもどってくる。みんなちゃんとたいらげていた。桜川くんは「ごちそうさま。」と云って玄関へむかった。

午后は早っちゃんの図工の時間がすこしあって、おひるねをして、おやつの予定だ。ちびっこたちは小食堂のテーブルでおりがみをおそわったあと、リビングに移動した。しばらく騒いでいたけれど、ハコちゃんをのぞく三人は、そのうちうたた寝をはじめた。ユリアもちびっこだから、アルチザンの意地はあっても眠気には負けておひるねをする。ぷりぷりしている日は、よけいにくたびれるものだ。

小学校四年生のハコちゃんだけは目をさましていて、ソファの背もたれによりかかって絵日記を描いている。そこへ、ちびっこたちといれちがいに小食堂へいこうとしていたジャン＝ポールが通りかかった。

「こんにちは、マドモアゼル、」

「……こんにちは、」

習慣的にあいさつを返したハコちゃんは、亡くなったドードーさんの顔はおぼえていないし、よその家で知らない人を見かけるのは当然だと思っているので、ジャン＝ポールのこともとくにあやしまなかった。

だんご姫はカガミさんにおそわりながら、宿題の最終課題である「とっておきのスイーツ」づくりにはげんでいる。

「フードプロセッサーをつかうときは、曜が回転刃に気をつけるのはもちろんだけど、チマキたちがシンクのうえにあがらないように気にしていないとだめだよ。スイッチぐらい、押せるからね。あぶないんだ。できれば、台所から遠ざけておくといい。ノリマキは小さい袋をあたえておけば、しばらく夢中になってくれるけど、チマキはもうその手には、ひっかからないから、……なにかべつの、」

「色のあざやかな絵本や、コントラストのはっきりした写真集をひろげておくといいんだよ。チマキはそういうのに興味があるみたい。旅行のパンフレットも好きで、三十分くらいは真剣な顔でながめてるよ。」

「また放浪旅にでも出るつもりかな。」

「そろそろお年頃なんじゃない？　マオマオ（チマ注・ぼくたちのホームドクターのミス・オイサのこと。山尾マオが本名）がここへ来たころのチマキを九ヵ月くらいと云ってたから、それから五ヵ月たって、いまは一歳をこえているはずだよ。」

たしかに。ぼくは六月生まれだと、マドモアゼル・ロコにおしえてもらった。ロコも六月生まれで、誕生日はいっしょにお祝いね、と約束したのに、ニューイヤーシーズンで大混雑する空港ではぐれ、それきりだ。いつか、ロコにも再会するのかな。もし連絡する方法があったら、ぼくたちはおじいちゃんにひろわれて、おかあさんのウチへ来て、兄弟そろって元気だよって、伝えたいんだけど。

このあいだテコナさんの実家のおかあさんから摘みたてのブルーベリーのさしいれがあった。きょうのスイーツはそれをカガミさんがコンポートにしておいたのをつかう。長く保存するには、たっぷりの砂糖で漬けこまないといけないけれど、カガミさんはカロリーを気にする小巻おかあさんや暦さんのことをかんがえて、ひかえめの砂糖にしたそうだ。

だから、この一、二週間でつかいきるつもりでいる。だんご姫はひとりぶんをつくるので、ブルーベリー五十グラムを用意した。それにアミノ酸たっぷりの玄米甘酒百グラムと黒酢を小さじ一杯用意して、ぜんぶまとめてフードプロセッサーでミックスする。

それを冷蔵庫で冷やしてできあがり。

ノリマキはカガミさんがふくらませた紙の袋につられ、まんまと廊下へ連れだされた。おなじく、だんご姫は廊下にアルベロベッロのトゥルッリが写っている旅行パンフレットをひろげた。ぼくは素直につられたふりをした。ジャン＝ポールものぞきにくる（旅行パンフレットを見たがるのは、ジャン＝ポールなんだよ）。

「このとんがり屋根の家は、いいねえ。実物を見たいものだ。」と笑みを浮かべた。

おやつの時間になり、みんなふたたび小食堂にあつまった。カガミさんがきのうのうちにつくって冷やしておいたスイーツがならんでいる。ちびっこたちは黙々とたべる。

「これ、うまいなぁ。ワルいものが、ぜんぜんはいっていないってかんじのスイーツだよ。ザクのオリジナル？」

早っちゃんは、ちびっこたち以上におやつをよろこんでいる。ふつうならスイーツ男子とでも呼ばれるところだが、早っちゃんは「女子」なので、スイーツ好きなのはあたりまえ、ということになる。

袋に頭をつっこんだままリネン室を匍匐《ほふく》前進していたノリマキは、その袋がスルッと脱げたときに、ちょうどよく紙袋よりもいいものをみつけて飛びついた。それはユリアの長靴だった。ノリマキはまだ「長靴をはいた猫」を読んだことがない。だからというわけではないだろうけど、ユリアの長靴に頭からもぐりこんだ。

しっぽだけのぞかせてごそごそと作業をしたのち、こんどは顔をだして、長靴風呂につかった。その顔にアンコがついているのを、ぼくはノリマキにおしえてやるべきかどうか迷っている。

アルチザン・ユリアは、武器を自分の靴のなかへかくすパルチザンであったのだ。

5. Autumn
ピクニック

あれもこれも、よくばりバスケット
紅茶&コーヒー、ハーブウォーター
キュウリのサンドイッチ&ミートパイ
豚ひき肉だんごのもち米蒸し&穴子《あなご》棒《ぼう》ずし
おはぎ（もちあわ入り）
イチジクのコンフィチュール&ザクロ酢
＋
豆あじのカリカリ焼き（にゃんごはん）

おかあさんは、毎年十月なかばに亡きおとうさんや、歴代にゃん娘&にゃん吉《きち》をしのんで、月おくれの彼岸参りをする。九月のほんとうのお彼岸のころはまだ暑くて蚊もいっぱいでピクニックには向かないから、というのがその理由だ。

彼岸参りとピクニックが対になっているところが、そもそもおかしいけれど、いかにもおかあさんらしい。おとうさんが眠っているT霊園の近くは緑がいっぱいで、おむかいの公園には、ひろびろした原っぱの真ん中に背の高いモミジバスズカケノキがかたまって植わっているところがあるんだって。そこがおかあさんのお気にいりのピクニックスポットなんだ。

緑いっぱいの公園なら、宝来《ほうらい》家のちかくにだってある。でも、おかあさんがT霊園のおむかいのこの公園をとくに気にいっているのは、山あり谷あり川あり段丘ありのバラエティに富んだ周辺の地形が、おもしろいからなんだ。

「だけどよく目をこらすと、段丘のうえに全国のどこにでもあるスーパーのシンボルマークが見えるの。でも、気がつかないふりをすれば平気。ここは縄文人が集落をつくって暮らしていた豊かな土地で、起伏にとんだ地形は、ほぼ縄文時代のままなのよ。もっとも自然の造形ってことでは、あなたの実家のほうにはかなわないけども。

なにしろアルプスを名乗ってるんだから。」

おかあさんは、テコナさんを相手にしゃべっている。

「それがお恥ずかしいことに、わたしって東京へ出てくるまでは、地元の景色がどんなだか、まるで意識していなかったんです。花や鳥にも無頓着で、小さい鳥はぜんぶスズメ、大きいのはタカ、黒いのはカラスっていう区別しかできなかった。りんごの花と桜の見分けもつかない。しかも、それで少しも不自由していませんでしたからね。学校が遠いうえに部活に明け暮れる毎日。冬なんて、夜明けまえに家を出て、日没後に帰ってくるから寄り道もなし。友だちを相手に大声でしゃべりながら、ひたすら自転車を走らせるだけ。夏は遠征だの合宿だので地元をはなれているほうが長くて。」

「……ええと、ハンドボールだっけ？」

「そう。女子の強豪校だったんです。ダーリンのところも、そこそこ強くて、全国大会のときによく見かけました。」

「なんだ、そういう縁なの。わたしはまた、北欧とかチェコとか、その手の旅先で出逢ったんだとばかり思ってた。雑貨バイヤーとカメラマンというのから想像すると、そんなかんじじゃない？」

「再会したのは、旅のとちゅうだったんですけどね。わたしは学校を出たあとで雑貨にめざめちゃって、ロシアの手工芸品や民具なんかを集めながらカスピ海をめざしていました。その、はてしなく長い船の待ち時間にダーリンとひょっこり会ったんです。カスピ海って、まわりが湿地で船でしか近づけないんですよ。ダーリンは実業団チームに所属しているあいだに、なにかのはずみでカメラを手にしたら、ぼくの天職はこれだって。ボールをつかむより、しっくりしたと云うんです。テーマはシルクロード。ダーリンってあんなぬーぼーとした外見ですけど、実は思いこみの激しいタイプです。」

「だからお似あいなんだけどね。海外で再会すると、わりにすぐゴールしちゃうみたい。樹《いつき》さんとカホルさんもそれよ。だけど、あのふたりはパリだからまだわかる。あなた、なんで行き先がカスピ海なのよ。おなじ旧ソ連でも北欧にちかい、エストニアとかリトアニアとかでしょ、雑貨ならば。」

「それは〈ざくろの色〉っていう映画のせいですよ。タイトルにひかれて、レンタルショップでDVDを借りてきて、見てびっくり。……いったいこれはなに？　この色彩、この動き、この建物ってわけで。しかも、出てくる人は男も女も若者もみんな、肩が頑丈でハンドボール向きのからだつき。だけど、パラジャーノフの故郷へ行きつかないうちに、ダーリンと再会して終了しました。資金も底をついて。」

「ああ、あの映画ならわたしも見たわよ、映画館で。水にぬれた書物に重しをする場面で、ハクサイの漬け物みたいだと思ったり、本棚にぎっしりつまった本がクランチチョコレートに見えたり、おなかがすく映画だった。ざくろは、熟して食べごろだったしね。最初のほうで、絨毯《じゅうたん》を洗う足が大きく映るところがあるでしょ。あそこでどこかのご婦人が〈あら、この人外反拇趾《がいはんぼし》だわ〉ってつぶやくのが聞こえてきたの。まわりから笑い声がもれて、その記憶がうすれないのよ。ご婦人の顔も姿もわからないのに、声だけは忘れないの。」

そのあと話がどのくらい脱線したのかは、わからない。おじいちゃんが遊びにきて、ぼくとノリマキはいっしょに柳のかごにおさまって、ちかくの公園へ出かけた。かごのなかには、おじいちゃんの麦湯の水筒とお弁当の伊達巻きもはいっている。お正月にたべる玉子の伊達巻きではなく、漁師町の巻きずしを玉子焼きでくるんだのともちがう。具の厚焼き玉子やでんぶやカンピョウや絹サヤを二枚ののりで巻いた特大の巻きずしのことだ。

松寿司《まつずし》では、これを伊達巻きって呼ぶ。それでひとまわり小さいのが太巻《ふとま》きで、おじいちゃんのおとうさんの名前は達巻《たつま》で、おじいちゃんの名前が太巻《たまき》なんだ（ややこしいぞ！）。おまけに、小食堂にあるイスのトロイ（ひじかけの彫刻の馬）をかじるのが好きだったアメショのおじさんの名前はタツマキだった。

モミジバスズカケノキの木のことは、ジャン＝ポールがおしえてくれた。育つのがはやく、それほど樹齢が古くなくてもびっくりするくらい背が高くなる。葉っぱは手のひらのかたちで、秋にはポンポン飾りのような実をつける。イガのようだけど、ひとつひとつが小さな実のあつまりなんだ。ジャン＝ポールによれば、この木はヴェルサイユ宮殿の庭園にも植えられているんだって。

おかあさんは、そんな木かげに大きなピクニックマットを二枚も三枚もひろげ、そこへ丸や四角のクッションや房飾りのついた長い枕をならべる。そうして靴をぬいでマットにあがり、クッションと枕をいくつか組みあわせて寝ころぶんだ。かたわらに、お弁当のバスケットをおけば準備万端。好きなときに食べて飲んで半日のんびり過ごすのが、このうえないたのしみなのだ。

だから、九月のお彼岸のときはお墓参りのことなど忘れた顔で、テコナさんがおみやげにもってきてくれたおはぎをパクついて、すましていた。

「カレンダーどおりに家から迎えがこないからって、怒るような人じゃないから大丈夫よ。用があれば、おとうさんのほうで訪ねてくるにちがいないわ。」

ジャン＝ポールも大きくうなずいている。

ことしの秋は、だんご姫の学校の運動会のふりかえ休みが平日にある。だからその日にあわせてほかのみんなも都合をつけ、ピクニックにでかけるんだ。

「ちょうどよく、ぼくもこの日は参加できそうだな。」ジャン＝ポールはホワイトボードの予定表をながめてそんなことを云った。いつでもひまそうなのに、なにが「ちょうどよく」なんだか不明だ。

ぼくとノリマキも、ピクニックに連れていってもらう。おめあての公園までは暦《こよみ》さんの車に乗ってゆく。だからなおさら、お墓参りは月おくれにしたほうがよい。九月のお彼岸には、霊園ともよりの駅を行き来するタクシーや臨時バスが増発されて道路は渋滞するし、駐車場も大混雑ではいれない。

ぼくと弟は、暦さんの車でのドライブにはなれている。ミス・オイサのところへ定期検診にゆくときにいつも乗っているからだ。それにマドモアゼル・ロコとはぐれたあとの放浪生活でも、ぼくたちは国道沿いをヒッチハイクで町から町へ旅していたんだ。車はけっこう好きなんだよ。

サービスエリアのものかげにかくれて、よく観察をして、これなら大丈夫っていう車にねらいをつけて、ドライバーに話しかける。にゃん飼い族は、直感でわかるんだ。そういう人は、にゃん語も聞きとってくれる。会話が成立するわけではないけれど、気は心で、通じるんだ。たいてい「おう、乗っていいぞ、ちびっこたち。つぎのサービスエリアまでいきたいんだな。よし、わかった。おかあちゃんはどうした？迷子か？」ってきく。

ぼくはそのたびに、ニューイヤーシーズンで混雑する空港でマドモアゼル・ロコとはぐれた話をくりかえした。こぶしをまわす（泣きまねをする）よりは、ちょっと異邦人風に（たどたどしく）するほうがいい。

「みゃうあうわうわう、……ンもみゅみゅみゃも。むむみゃも。」

「そうかぁ、たいへんだったな。ウチにきてもいいぞ。いまはジョーンズと悦子《えつこ》っていう居候がいるんだ。ほんとうの名前は知らないからそう呼んでいるんだよ。どっちも旅のとちゅうなんだとさ。浜名湖だからさ、海に通じてるだろ。いろんなのが立ち寄るんだ。だから気がねはいらないよ。ここからは、ちょっと遠いかなあ。うまいアナゴをおごるぞ。それとも、予定どおりつぎのサービスエリアでおりるか？」

「みゃうんみゃ（おります）。みゃうにゃ（ありがとうございます）。」

「そうだな。ロコおねえちゃんも、どこかでさがしているんだろうしな。かわいそうに。電話番号がわかれば、おっちゃんが電話してやるんだけどなあ。おちびさんたちときたら、迷子札もないしな。」

首輪とマドモアゼル・ロコがくれたビジュは、デコトラに乗っていた旅芸人風のおじさんとコンビのジョナサンに、あげちゃったんだ（いまにして思うと、だまくらかされたのかも）。あの首輪やビジュには、マドモアゼル・ロコの居場所がわかる手がかりがあったのかなあ。

ぼくは、ときどき暦さんが読んでいる新聞のすみっこの〈たずねこ〉っていう伝言板に目をとおしてみる。「この子をさがしています」という記事がでるからだ。

このあいだも〈マロン♀　一歳半　ミックス　マロンクリーム色　うっすらとシマもようあり。前あしと右うしろあしに白いソックスはいてます。左うしろ足はこげ茶〉という記事がでていた。

今年はテコナさんとダーリンも現地で合流するらしい。ふたりともT霊園に親族のお墓があるわけではない。でもダーリンが愛読するランポさんのお墓がそこにあるから、この機会に一度お参りしてこようということになったんだ。ハコちゃんとココナちゃん姉妹は学校があるので参加しない。それはさいわいだ。

だんご姫は運動会より、ピクニックをたのしみにしているみたいだ。小学校五年生にもなると、行進したりダンスをしたりはうっとうしくて、赤勝て、白勝てなんて、大まじめに競争するのも、ばかばかしく思えるらしい。

「だけど、カホルンの代理で借りもの競走に出場する桜川《さくらがわ》くんのカッポウギ姿だけは、たのしみにしてるんだ。」

だってさ。桜川くんは、よっぽどの弱みを姉のカポリン（ぼくはどうしても、カホルンをカポリンと云ってしまうんだよ）ににぎられているにちがいない。実はこの姉と弟は十七歳もの年齢差がある。

だんご姫がカポリンから聞いた話によれば、高校生だったカポリンが学校から帰宅したところ、リビングにいる両親のつぎのような会話が耳にはいった。母親のミャーコさんが「もののはずみってこわいわね。」とつぶやき、父親の貝《かい》さんが「宝くじに当たったようなものかな。」と応じた。

カポリンが「ただいま」と声をかけて部屋にひきあげようとすると、話があるんだけど、とミャーコさんに呼びとめられた。

「弟なのよ。もうわかってるの。あなたのときは、はっきりしなくて、いまどきだれが丙午《ひのえうま》なんて気にするのよ、と云ってはみたものの、女の子だったら困ったことだわと思っていたら女の子。ご出産おめでとうって、電話をしてくる人たちの声にどことなく（あらあら、女の子ですって。丙午なのに）ってふくみがあって、しゃくにさわったものだけど、こんどはもう男の子だとわかっているし、それに来年は亥《い》年だものね。」

そんなわけで、カポリンは十七歳で姉になるのだが「わたしが産んだってウワサがたって、あやうく学校を追いだされるところだったわよ。おまけに、わたしは丙午の女！」といまでもその話になると、眉をつりあげるそうだ。

ピクニックには、たっぷりのお茶とコーヒーのほか、ハーブウォーターも用意する。戸外にいると、よくばりになる、とおかあさん。お皿やティーカップをセットできる大きなバスケットにサンドイッチやちょっとした肉料理やお菓子をつめこんで持ってゆく。そのためにもまだ残暑のきびしい九月よりも十月なかばのほうがよいのだ。

「それでも昼間の気温はまだ夏とさほど変わらないから、バスケットのなかみには気をつかうんだ。」

カガミさんは小巻《こまき》おかあさんのリクエストを書きだして、却下するものに線をひく。

おかあさんのリクエストは、あれもこれも、と追加されてどんどんふくれあがる。ドリンクだけでも、紅茶にコーヒーにハーブウォーターに番茶というありさまだ。サンドイッチはイギリス式をまねてキュウリだけ。でも、ほかにバジルとローズマリーのハーブ仕立てのソーセージや卵のゼリーがつく。

卵のゼリーは、チキン味のゼリーをカップに一センチくらい冷やしてかため、そこへシソの葉っぱをのせ、レースみたいにうすく切ったハムものせる。そのうえへポーチドエッグをそっとすべりこませ、カップのふちまでゼリーをそそいで冷やしてかためればできあがり。クーラーボックスでもってゆく。

かと思えば、ホットなメニューもある。あのトロトロっとチーズをとかす、固形燃料式のミニフォンデュポットがくわわった。

こんな調子で思いつきを口にしているだけのおかあさんと、ミニマムなものが好きなカガミさんとはいいコンビなので、当日にはきっとちょうどいいところでまとまるにちがいない。

ぼくは去年までの秋のピクニックがどんなだったか知らないけれど、小巻おかあさんの発言を聞くかぎりは、めずらしくカロリーを気にしないメニューがならぶみたいだ。

「実りの秋だもの。天の恵みに感謝して、一年に一度くらいは、なぁんにも気にしないで好きなものだけ食べる日があってもいいのよ。」と、この日ばかりは砂糖やバターや卵をたっぷりつかったスイーツもスパイスのきいたソーセージも食べることにしているそうだ。

「それに、カガミだってたまにはバターや卵でちゃんとコクをだした料理に腕をふるいたいだろうし。」

「そうかなぁ。ふだんもけっこう楽しんでると思うよ。コマキさんやわたしの欲望の限界を試しているようなところがあるもん。自分だけが食べるつもりの高カロリーのスイーツをつくって、〈よかったら、おやつにどうぞ〉なんてメモをつけて、わざわざわたしたちの目につくところへおくんだから。」

当日のドライバー役の暦さんがやってきて、うちあわせにくわわった。つまさきにひっかけているスリッパをゆらゆらさせるので、イスの下にもぐりこんだノリマキが狙いをさだめて、跳びつこうとしている。

「ちかくに、深くも大きくもないけどそれなりの川があるから、ノリマキが落っこちないようにしないとね。チマキはおにいちゃんだし、なにごとにも用心深いから大丈夫なんだけど、ノリマキは走りだしたら止まらないにゃんこだから心配なのよ。勢いで木にのぼって、おりてこられなくなるタイプでしょ。」

おかあさんと暦さんは、ノリマキにリードをつけるかどうかを話しあっている。たしかにノリマキはちょこまかする年頃で、赤ん坊のときとちがって走るのもはやくなった。でも、自分でヘンテコなルールをつくっているから大丈夫だ。外出先では、チエブ柄のおでかけ用マット（ごはん用とべつ）をしいてもらえば、そのへりから一ミリたりともはみださない。

移動したいときは、カガミさんにくっついて運んでもらう。そうきめているのだ。カガミさんはほかの人とちがって、ノリマキを肩や背なかにのっけていて、それを「うっかり」忘れることはないから安心なのだ。

「タマネギをつかった料理はなしにしないとね。チマキたちがまちがって食べてしまうかもしれないから。靴ものはやめにして、黄金《きん》のスープもなし。」

おかあさんは、手もとの紙にネギ坊主の絵を描いてならべた。宝来家における靴ものというのは、ナスやピーマンの肉詰めのことだ。そのかたちを靴にたとえている。なかみをくりぬき、ひき肉や刻みタマネギを詰めこんでパン粉をのっける。それをオーブンでこんがり焼くんだ。

「黄金のスープも戸外で味わうのは最高なんだけど、がまんしよう。チマキもノリマキも、朝ごはんを食べれば、あとはもうほしがらないけど、外だと何が起こるかわからないものね。はじめから、タマネギをつかわないでおけば安心よね。」

暦さんのリクエストは、さめてもおいしい豚ひき肉だんごのもち米蒸しだ。ひき肉をまるめてもち米をまぶして蒸すんだって。するとプチプチしたもち米衣をまとったおだんごになる。もち米は蒸しなおしてもおいしく食べられるから、冷凍する保存食にもいい。

「これもネギぬきだよ。ニラもだめだから、セロリにしようと思うけど、かまわないかな？」

リストに豚ひき肉のもち米だんごをくわえたあとで、カガミさんは暦さんに確認をとった。

「うん、大丈夫。セロリもいいよね。」

たっぷりの飲みものとお弁当とスイーツを持ってでかけるピクニックがどんなに楽しいかを、おかあさんは「コマコマ記」にこんなふうにつづっている。

《待ちに待ったピクニックの季節がやってくる。稲も実り、果実も実る。だから、刈りいれや収穫でてんてこまいの農家の人たちには申しわけないけれど、わたしにとっては、季節の恵みをありがたく味わう、一年でいちばんぜいたくな季節なのだ。

ごちそうをたくさん用意して、ちょっとだけ遠出をしてみる。といっても、秋の日はみじかい。まさにつるべ落とし。調子にのってあんまり足をのばしすぎると帰りのことが気がかりでせっかくの秋を満喫できなくなる。だから、一時間以内で気軽に出かけられるところがいい。

ピクニックにはあれもこれももっていきたくなるので、車があると助かる。ホームズ氏とワトスン先生が馬車にのって郊外へ出かけてゆくとき、ハドソン夫人はお弁当を用意して送りだす。ポットだのお皿だのカトラリーだのが一式おさまるイギリス式のバスケット。

戸外のお茶だからって、紙の食器で使いすて、帰りは手ぶらで、なんてことはしない。プラスティックもだめ。外だからこそ、ふだんの料理がちょっとしたぜいたくになるのだから、食器も陶器や磁器のをつかう。

なにもお気にいりの、とっておきの食器を持ちだすわけじゃない。ふだん使いの、丈夫でこわれにくいのを選んでもってゆく。白の無地か、へりのところに青い線が一本か二本、はいっているぐらいのがいい。

カトラリーもだいじ。割りばしやプラスティック製では興ざめだ。でも、ステンレスのを人数ぶんだけそろえたら重いし、さすがに仰々しい。わたしはピクニックに竹のフォークやスプーンをもってゆく。おはしも、もちろん竹製。先が細くて、絹のお豆腐でも、らくらくつかめてしまう。

お豆腐で思いだしたけれど、子どものころ、中秋の名月には月見だんごをおそなえし、晩ごはんには月見豆腐をこしらえた。お豆腐のまんなかをくりぬき(べつに白和《しらあ》えなどをつくる)、そこへ卵を落として半熟に蒸すのだ。おとなは鶏卵だけども、子どもはうずらの卵。お豆腐も小さい。お豆腐のお風呂で、とろとろっととけた半熟玉子が、なんともおいしい。おなかも温まる。

その時代の九月といえば東京でも夜は涼しく、子どもはもう寝冷えをする季節だった。今では中秋の名月のころはまだ熱帯夜に悩まされる。地球の温暖化がすすんでしまったのだなぁ。

さてさて、ピクニックの話にもどる。

まだ独立するまえで、会社勤めをしていたころのことだ。休暇でイギリス旅行をしたさい、改装されたコベントガーデンに立ちよった。おしゃれなお店がたくさんできて、観光ルートになっていた。そこで、ほどよく古風なピクニック用のバスケットをみつけたときはうれしくて、あとさきをかんがえないで買ってしまった。機内へ持ちこむにはちょっと大きくて、梱包材《こんぽうざい》のかわりに古毛布を買ってそれでくるんでひもをかけた。

スーツケースといっしょにあずけようとしたら、包みがあやしかったので搭乗カウンターでひともんちゃくあった。ほどいてなかをみせて、また包んでなんて大騒ぎをして、やっとクリアした。

そのかいあって、バスケットはいまも大活躍だ。でも、あとで気づいてちょっとショックだったのは、アメリカ製だったこと。しかも、六〇年代のものだった。バーベキュー好きのアメリカ人は、ピクニックに持ってゆくのも煮炊きができるホーローの食器。

バスケットを買ったとき、食器を固定するベルトがちょっときゃしゃなのは気になっていた。ホーローの食器なら、はこぶときにガチャガチャとぶつかってもわれる心配はない。だから、がっちり留める必要もないのだ。自分で少し補強して、陶器の食器をつめこめるようにした。

でも、われながらバカだなあと思うのは、ピクニック用につかっているお気にいりの食器（さび色の釉薬《ゆうやく》を星のように飛ばして、ふちどりに青い線をいれた北欧製。ざっくりと焼いたスコーンやスパイスケーキ、コールドチキンなんかがよく似合う）が、実はホーローの風合いを模したものであることだ。

毎年出かけるイチオシのピクニックスポットには、モミジバスズカケノキが何本かかたまって木立をつくっている。たっぷりした木かげがあるのがうれしい。まわりには草地がひろがっている。背の高くなったヨモギが、春とはまったくちがう姿でそこらじゅうに生えて、ワサワサ風に吹かれている。

白ギツネのしっぽみたいな草もたくさん生えている。サラシナショウマだ。それに紅くて小さなランプみたいなワレモコウ。

よくばりなわたしは、サンドイッチも巻きずしもパイもおだんごも、ほんのちょっとずついろいろ食べたい。外で食べると、なんでもおいしいから。

サンドイッチはキュウリだけ。ハムや玉子はいたみやすいので持っていかない。パンをトーストして（わたしは焼いたのが好き）マスタードをぬり、うすくスライスしたキュウリをならべて、もう一枚のトーストではさむ。すごくシンプル。だいじなのは、キュウリがみずみずしいこと。

そうそう、このピクニックにはだれでも飛びいり参加できる。そもそも、ピクニックは持ちよりの食事っていう意味だもの。おかずかスイーツを一品もってくれば、それでもう仲間いり。

父がくわわるときの、おみやげの定番は穴子棒ずし。これはみんなもお待ちかねの逸品だ。なにしろ祖父がはじめた松寿司の名物がこの穴子棒ずし。このごろは十月の上旬でもまだ穴子がとれる。うなぎとちがって、ぶくぶくと腹がふくれたのはおいしくないと云われる。腹が太いのは食い意地のはった食べすぎの穴子で、消化しきれなかったぶんは、腸でくさってゆくそうだ。そんなものをかば焼きにして、おいしいはずがない。

松寿司では、仲買人にたのんでスリムな穴子を調達する。秘伝のタレをつけて焼き、すしめしのうえにのせて巻き簀《す》できゅっと巻く。

焼き穴子とキュウリの酢のものや、干した鶏肉を持ってきてくれることもある。どちらも大歓迎。ハチミツをぬってなんども風干しした鶏肉は、フライパンでじっくり焼くとツヤツヤと照りがでて、こんがり香ばしい。

テコナさんは毎年秋のお彼岸に、おはぎをとどけてくれる。実家のおかあさんに伝授された、あんこたっぷりのスペシャルおはぎだ。わたしはおとうさんがとなりにいるつもりで、ふたりぶんの棒茶《ぼうちゃ》（ときめている）をいれてごちそうになる。おはぎはもちあわ入りで、つぶつぶしていておいしい。それから、イチジクや各種ベリーやフルーツのコンフィチュールの差しいれもある。

テコナさんの実家は果樹農園だ。キウイが主力だそうだけれど、自家用には季節ごとにアプリコットだのマルメロだのマルベリーだのをつくっている。

それになんといってもザクロ。王冠のかたちの花を咲かせ、王冠を戴《いただ》いた果実を実らせる豪勢な植物だ。なのに、実をほぐしてヨーグルトなどにトッピングして食べるくらいしか、味わいかたをしらなかった。

おととし、テコナさんのおかあさんがザクロ酢を送ってくれて以来、ザクロといえばザクロ酢になった。色がきれいなうえに、ポリフェノールもたっぷり。サラダのドレッシングをつくるときはもちろん、鶏肉を煮こむときにもつかっている（チマ注・カガミさんが、という意味だよ。おかあさんは食べるだけ）。

テコナさんの故郷は、水がおいしくて果樹園にかこまれて、ハチミツが採れる豊かな土地だ。住んでみたいなぁってつぶやいたら、「だけど冬は寒いですよ。子どものころは一晩に五十センチくらい雪がつもって、つぎの日の昼も夜もつもって、気がつくと玄関がすっぽり雪のなかに埋もれて、二階の窓からではいりしました。」とテコナさん。その雪解け水が、おいしい水になるのだ。》

だんご姫の運動会をひかえた土曜日、カガミさんは朝のまかないをすませて、早《さ》っちゃんとどこかへ出かけた。昼すぎにもどってきて、こんどはふたりでリビングのテレビのまえにソファをはこびこんだ（ふだんは、窓辺によせてある）。レンタルショップで借りてきた映画のDVDを見るんだって。

ノリマキが云うところの「ぴかぴかマシン」だ。テレビ番組も、DVDの再生もいっしょくたにしている。ぼくは好きな場面だけを見るようにしているけれど（ふつうは、みんなそうだと思うんだ）、ノリマキはなぜかじっと見つめたまま、固まってしまうことが多い。さらに、目がしょぼしょぼしたり、鼻が勝手にひくひく動いたりするらしい。なぜか、しゃっくりも止まらなくなる。

「ぴかぴかマシン」のほうを見なければ平気だから、ノリマキはカガミさんのところへいって、抱っこしてもらって昼寝する。映画がはじまると、ジャン＝ポールもそれを見ると云って、リビングへいった。

ぼくは小食堂でてるてる坊主をつくっているだんご姫をのぞきにゆく。運動会が中止や延期になると、ピクニックを予定している平日は登校しなくてはいけない。だから、運動会がちゃんとおこなわれてふりかえ休みがとれるように、てるてる坊主をつくっている。

一文字まゆの、いかつい顔をしたてるてる坊主だ。それをリビングの窓辺へつるしにゆく。だんご姫は、鏡をおいたローチェストの前を通りかかって飛びのいた。

「……ああ、びっくりした。火が燃えているんだもん。映画の画面が映ってたんだ。」

カガミさんと早っちゃんが見ている映画のことだ。納屋が燃えている。炎がゆらぐ。ゆらぎが水になる。火を消すための水かと思えば、女の人の洗い髪からしたたる水へとうつろう。

ジャン＝ポールが、これはイメージの連鎖なんだよって、教えてくれた。窓ガラスが、いつのまにか鏡になる。長くつかっているうちに鏡が曇ってくるのを、うろこがつく、と云うんだって。そのうろこが白く浮きあがる。でもそれが雨だれにかわる。軒端から、ながれ落ちる雨が水あめのようにのびて、穴のあいたところから景色が見えた。

桜川くんがやってきた。カガミさんのほうへ近づいてくる。とっくに気づいていたくせに、カガミさんは桜川くんがすぐそばにたたずんでから、ようやく顔をそっちへ向けて、こんにちは、とあいさつをした。

「また、そんな古いホラー映画なんか見て。もの好きだな。」

「ホラー映画？　タルコフスキーです。」

「だからさ、子ども時代を思いだすときに、母親の顔がことごとく妻の顔になるって話だろ。世の中に、それ以上のホラーはないよ。」

カガミさんはいつものポーカーフェイスだけれど、その表情のまま考えごとにふけっているようだ。妻の顔のコワさが、ピンとこないのだろう。

早っちゃんは、チラッと桜川くんのほうを見てあいさつだけして、また映画のつづきにもどる。カガミさんとはまるっきり男の人の好みがちがうんだな、きっと。桜川くんがきても、いつも平然としてるから。

「そもそも、女子が見る映画じゃないよ。つまらないだろ？　男の心象風景なんて見せられてもさ。」

「先輩はきらいなんですか？　タルコフスキーの映画、」

「そうは云ってない。小学生には退屈だったって話だよ。カホルはデートでタルコフスキーの映画に誘われると（この場合、誘う男もどうかしてると思うが）、断るかわりに弟を連れてゆくんだよ。こっちは、そんな映画じゃなくて、ターミネーターとかインディ・ジョーンズとかを見たいのに。」

「カホルさんのオススメ映画はなんだったんですか？」

「〈ストレンジャー・ザン・パラダイス〉。一日になんどくりかえして見ても飽きないとかで、一度見はじめると、数日はずっとデッキにDVDをいれっぱなし。たいしたストーリーはないんだ。せりふも少ない。無愛想な女と、ひまだけあって金のない男がふたり。それでなんにも起こらない。ニューヨーク、クリーヴランド、エリー湖、フロリダ。そうしてブダペストへ。モノクロ映画だ。」

「先輩もそれが好きなんですか？」

「どうしてだよ。無愛想な女とハンガリー語で怒るおばさんしか出てこないのに。」

「……なんとなく、先輩の苦手なものがわかってきました。」

「いまごろ？」

　と口をはさんだのは、てるてる坊主を窓辺につるして「ご満悦」のだんご姫である。桜川くんが姉のカホルさんの代理で「借りもの競走」に出場するのが、うれしくてたまらないらしい。

「いいから、曜《ひかり》は向こうへいっておれにお茶でもごちそうしろ。でないと、おみやげを渡さないぞ。」

「おみやげ？」

桜川くんが、ちらっと包みを見せたとたん、だんご姫はレモンとバターのにおいをかぎつけたノリマキみたいに小躍《こおど》りした。でも、包みだけでは満足しない。ちかごろの小娘の好みは細分化されているから、ブランド＋アイテムをチェックするのだった。

だんご姫はリボンをほどいて、箱のなかをそっとのぞく。

「うわぁい、ピンクフェアリー！」

万歳がでた。さすが、桜川くんは細部までぬかりがない。

「桜川くんありがとう。お茶をいれてくるね。」

だいじそうに箱をかかえて、だんご姫は台所へ去ってゆく。桜川くんはそれを見送って、あらためてカガミさんをふりかえった。

「さてと小娘がいないうちに、ないしょ話をしようか。ものは相談だけどさ、」

このなりゆきに、早っちゃんもタルコフスキーの映画をみながら耳をそばだてた。ノリマキはカガミさんがソファにもたれた姿勢のまま軽く組んだ腕のなかで、ぐっすり眠りこけている。

早っちゃんに聞かれないためなのか、悪魔だからなのかよくわからないけれど、桜川くんはカガミさんの耳もとでなにかを小声で云う。

するとカガミさんは、なんどかまばたきをした。さらに、なにか口にしようとしたものの、うなずくだけにとどめた。

「助かるよ。サンキュー」

どんな相談を持ちかけられたのかは不明だけど、カガミさんは先輩には逆らわないのだから、桜川くんにとっては楽なたのみごとだ。だんご姫を高級チョコレートで買収したからには、カポリンに告げ口されたくないことがらなのだろう。

たぶん、運動会のつきそいの代理の代理を依頼したにちがいない。カポリンのかわりの桜川くんが、さらにカガミさんにかわりを押しつけたのだ。


だんご姫のてるてる坊主のききめかどうかはわからないが、運動会はとどこおりなくおこなわれ、カガミさんがかっぽう着で借りもの競走に出場して二等になった。保護者会の主催ゲームだから景品がつく。ラズベリー色のトングとスパチュラは、カガミさんも気にいっているようだ。

お待ちかねのふりかえ休みの日になる。朝はやく、まだカガミさんしか起きていない時間におじいちゃんが松寿司謹製の穴子棒ずしをもってやってきた。

このごろのおじいちゃんは、晩酌をほんのちょっとにして夜の九時ごろに寝てしまうから、朝はうんと早いんだ。夜中といってもいいくらいかもしれない。仕出し用の穴子棒ずしをこしらえるのは引退したおじいちゃんにかわって大将をつとめる息子のつくねさんだけど、宝来家のピクニックのぶんは、早起きのおじいちゃんがつくってきてくれる。

おじいちゃんはそれを棒ずしと呼ばずに「だまくらずし」と呼ぶ。昔のように、たったと手が動かないのを、どうにかこうにかだまくらかしてこしらえるからだ。

棒ずしは、文字どおり棒状になっている。カガミさんはそれをきれいに切りわけて重箱につめる。そのあいだ、ぼくとノリマキはおじいちゃんに朝ごはんをもらった。

おかあさんたちには秘伝のタレをつけて焼いた穴子の棒ずしがごちそうだけど、ぼくやノリマキは宝来家にひろわれた最初のころに、おじいちゃんがつくるふわふわや、天日干しの豆あじをいっぱい食べたから、いまでもそれが大好きなんだ。

きょうは干した豆あじを焼いてくれるんだって。ぼくとノリマキ用だから、塩のないのだよ。おじいちゃんといっしょに勝手口の外へ出て、シチリンをかこんだ。ほんとうは、ピクニックのお弁当づくりでいそがしいカガミさんのじゃまをしないように（↑ノリマキが）、おつきあいでぼくも庭へ連れだされたんだ。

骨がカリッカリにこげるまで焼く。ぼくたちののどにひっかかりそうな小骨は、おじいちゃんがあらかじめよけておいてくれる。においに誘われて、マルコさんの家のクマおじさんまで出てきた。にゃんルールで、境界線は越えないことになっている。だけどふところが深くてやさしいおじいちゃんは、おデブのクマおじさんのことも好きなんだ。ほんとうの名前はマロコくんであることも、マルコ夫人からききだしてきた。

「丸子《まるこ》さんちの、丸っこい猫ってことだね。」すると、小巻おかあさんは「それならすなおにマルコと呼べばいいのに。マロコだと、女の子の名前だと思われそうだもの。」と云う。ぼくもそう思う。おじいちゃんは「いやいや、マロコでいいんだ。マロとロコの子どもなのさ。丸子夫人がそう云ってたよ。」

「なあんだ。」

一件落着。おとなりのマルコさんは、丸子さんというのだった。ちなみに、きょうはクマおじさんの大きな背なかのうしろから、そっくりなもようの見なれないちびっこが顔をのぞかせた。ちびマロコだ!

おどろいたことに、クマおじさんはいつのまにかおとうさんになっていたのだった。

午前十一時、第一目的のお墓参りを終え、モミジバスズカケノキの木のしたに到着した。敷物をひろげて、クッションや枕やひざかけを配置する。駐車場からはすこし離れた場所なので、スーツケースをはこぶみたいにカートにのっけてピクニックバスケットをはこんだ。よその人にはヘンな光景かもしれないけれど、おかあさんはそんなことを気にしない。

おなかすいたぁ、と云いながらまずはミートパイに手をのばした。あれもこれも食べたい小巻おかあさんの腹具合をかんがえて、カガミさんはそれをミニサイズにつくった。

「このミートパイの肉もタマネギぬきなんでしょう?」

「かわりに、セロリのみじん切りをいれてあるよ。」

「それなら、どうしてタマネギのマークがついているの? それともこれはスイカ?」

パイのてっぺんに空気あなとして切りこみがはいっている。そのかたちのことだ。

「それは、ザクロだよ。」

「ザクロ?」

「空気あなが必要だから、トレードマークをいれてみたんだ。」

「トレードマーク？……もしかして、あなたが家のなかの持ちものにマークをいれているあれもザクロなの？」

「そうだけど。」

「タマネギかと思った。いったいなんの意味だろうと思ってたのよ。長年の謎だったの。」

「鏡だと丸にしても四角にしてもなんだかわからなくなるから。」

「早っちゃんにザクって呼ばれてるのはザクロのことなんだ。やだ、いまごろ気づいちゃった。でも、なんでザクロなのよ。」

「その昔、銅の鏡をザクロで磨いたっていうからだよ。それで江戸ッ児も、湯屋《ゆや》の湯殿《どの》へ通じる口のことを、石榴口《ざくろぐち》って呼んだんだ。湯気が抜けないようにせまくつくってあって、いちいち屈《かが》まないとくぐれないから、屈むを鏡になぞらえた洒落《しゃれ》だよ。」

「なるほど、ストレートに鏡口と云えばいいところを、江戸ッ児らしくもうひとひねりしてあるんだ。……それにしても、ちょっと絵が下手だな、カガミくんは。」

「デルフト焼きにしても、もともとは中国陶器の石榴を写したのが、タマネギにしか見えなかったから、ブルーオニオンって呼ばれてるんだよ。」

「そういう教科書にのっていない豆知識は、だれの伝授？……って訊くまでもないか。おとうさんよね。わたしの知らないところで、たくさんないしょ話をしてたんだね。」

「そう。コマキさんが寝ている日曜日の朝ごはんのときなんかに。」

「それは、失礼しました。」


ランポさんのお墓参りにいっていたテコナさんとダーリンがやってくる。ふたりのうしろのちょっと離れたところに、マロンクリーム色をした見なれない女の子がいる。草かげに姿をかくしながら、あとを追ってくる。

テコナさんは、ふりかえって、おいでおいでをした。女の子はあわてて草のなかにまぎれこんだ。

「霊園から、ずっとついてくるの。ふりむくと、かくれちゃうんだけど、歩きだすとまた追ってきて、とうとうここまで来ちゃった。ちょっとかわいい子でしょ?」

「あれ、あの子、」

そう云ったのは、このあいだ新聞の〈たずねこ〉の欄に目を通していた暦さんだった。カメラ、カメラ、と云いながら荷物をさぐって、携帯電話をとりだした。女の子がそっぽを向いているところを、パチリと撮った。

「そのひとの連絡先をひかえてあるの？」おかあさんが、写真をのぞきこんで、あら横顔も美人さん、と云う。

「マルコの家に電話して、マリコさんに調べてもらうの。」

はじめてあかされるこの事実。マルコ夫人は、なんともややこしいことに、マリコさんと云うのだ。暦さんは、〈たずねこ〉に投稿していた人の電話番号をマルコ夫人のマリコさんからききだして連絡した。

暦さんの直感どおり、テコナさんのあとをついてきたのは、〈たずねこ〉のマロンクリームの子にほぼまちがいないことがわかった。たしかに、左うしろ足だけ、こげ茶のソックスをはいている。つかつかと、ノリマキのチェブ柄のおでかけ用マットに近づいた。

「おじゃましてもよい？」

ちょっと気どった云い草だけど、悪くない。ノリマキが答えるまえに、ぼくは「どうぞ、」と云っていた。そんなこと云うつもりはなかったのに、口が勝手に動いたんだ！

6. *Late Autumn*

香ばしいごちそう

牡蠣ごはん、または牡蠣豆腐
鶏とりんごと銀杏《ぎんなん》の炊きあわせ
焼きなすの赤だし

＋

ベークド・アップル・サンドイッチ
（小巻おかあさんのブランチ）

＋

アップルvs.マロン

きのうの晩から、ぼくとノリマキのベッドにふかふかの毛布が入った。十一月になって、床下にはつめたい空気がひと晩じゅう居座っている。このごろは夜明けもおそく、カガミさんが起きだしてくる四時半ごろはまだ真夜中みたいに真っ暗だ。

おかあさんの家の一階には床暖房の設備がある。リビングと食堂と小食堂にパイプが通っている。ボイラーで熱したお湯を循環させる古めかしい設備で、カガミさんがそのスイッチを入れると、しばらくしてガッコンガッコンと大げさな音をたてて動きだす。

その音は、寒さがきびしい朝ほど高くひびくから、まさに冬の訪れを予告する音なんだ。おかあさんは、ボイラーがちょいとご老体なのよ、そろそろ引退かもねえ、と云っている。それで、きょうの午后に修理の人が来るんだって。

ボイラーとはべつに、家のどこかでゴットン、ゴロゴロ、ドサッと耳なれない音がした。カガミさんに朝ごはんをもらおうとして、いそいそと台所に向かっていたノリマキの足がとまった。音は玄関のほうから聞こえてくる。

「おとなりの庭のトチノキから実が落ちる音だよ。毎年たわわに実って、半分くらいはアトリエの西側の屋根に落下する。そこからさらに、地面までころげ落ちるんだ。

この家も古いけど、それよりもトチノキのほうが古株だ。もしかすると、おとなりさんが家を建てるずっと以前からあそこにあったのかもしれない。」

あいかわらず、そっけない話しぶりのカガミさんは、シェルホワイトのニットの、袖口《そでぐち》とすそに水色の二本線があしらってあるのがきれいな、そんなプルオーバーを着ている。色白だから、ホワイト系の服がよく似合う。

エプロンをするまえにノリマキの「なでなで～」にこたえて、しばらく遊んでくれた。そのあいだに、いまのトチノキの話もしてくれた。ノリマキは、まるで聞いちゃいない。なぜか、ほっぺをもんでもらうのと、肩をぐりぐりしてもらうのが好きなんだ。ゴクラク、ゴクラクって顔をしてる。

また、ゴットン、ゴロゴロと音がした。ドサッは聞こえなかったから、屋根のうえでとまったんだ。ゴットンは硬い実が殻《から》ごと屋根に落ちる音で、ゴロゴロと転がって、地面の葉っぱの吹きだまりに落ちて、ドサッという音をたてる。ぼくがいちばん気になるのは、ドサッと落ちたあとで葉っぱがかすかにカサコソ、カサコソって鳴る音だ。狩人ゴコロをそそられて、なんだかウズウズしちゃうんだ。

おとなりのトチノキといえば、クロウの夫婦とジュニアの家でもある。春生まれのジュニアは、いまだに親ばなれしていない。きのうも留守番していたが、暗くなってもまだ両親がもどらず、薄闇のなかでグズっていた。両親たちは子ばなれしつつあるようで、たびたび遠出をする。ヨアケとヒグレはそれぞれべつの集会に出かけてゆくのだ（別名ダンナとニョウボのグチ大会）。そのせいか、このごろはテコナさんが北風よけと称して毛糸編みのおこそ頭巾みたいのをかぶってあらわれても攻撃してこない。

カガミさんが蒸籠を戸棚からだしてくる。けさはごはんを蒸すのかな。とたんにノリマキはカガミさんの足もとで、できそこないの8の字ぐるぐるをやって、その蒸籠のなかで丸くなりたいってことをアピールしている。

ごはんを蒸す道具だからダメだよっていつも云われるんだけど、ノリマキは「もしかしたら、きょうはいいって云ってくれるかも」って期待して、毎度毎度おねだりをするんだ。

もうすぐ一歳だから、そんな遊びは卒業しそうなものだけど、ノリマキの場合は遊びというより、習慣になっているのかもしれない。放浪していたときはいつでもどこでも身をかくすものを確保しなくちゃいけなかったから。

それにしては、いちいちのはしゃぎっぷりが騒々しくて、危険にそなえているようには見えないんだけど。結局、カガミさんに足ブランコをしてもらって、おとなしくなった。

だんご姫はきのうから留守にしている。学校の行事で江ノ島へいっているんだ。セイシロウ農園のリカさんによれば、いまごろのショウナンにはいい波が来るんだって。

きのうの午后、野菜の配達をかねて遊びにきたときに、仲良しの暦《こよみ》さんを相手にそんなおしゃべりをしていた。

「波乗りどころか、たぶん、海水にさわりもしないのよ。」

暦さんがすました顔で云う。リカさんはびっくりして訊きかえした。

「だって江ノ島でしょ?」

「展望台へのぼって海をながめて、水族館へいって近海魚や海洋生物の観察をするの。それから鎌倉へ移動して、美男の大仏を拝んで、八幡宮へお参りして、参道でおみやげを買って、それで帰ってくるのよ。」

「それならストリートヴューでじゅうぶんね。」

「海岸に近づいて、事故でもあったらたいへんだから、そういうスケジュールなんだって。」

「わかるような気もするなぁ。コンチとユリアを連れて海にいくと、お水ぅだの、タオルぅだの、バンソウコウしてぇだのって、五分おきぐらいにあれこれ出したり、ひっこめたりしているうちに日が暮れるの。ひとりがおトイレぇって云いだしたときに、ついでにもうひとりも連れていこうとすると、いまはいいって断るのよ。ところがもどって五分もしないうちに、トイレにいくぅって。そこらへんに穴を掘って、ここでしなさいって云いたくなる。」

「だめだよ。いまは、そういうの。ちょっとしたカメラにもズーム機能があるから。親が気をつけないとね。」

「わかってる。」

リカさんは、学生のころは波乗りだったんだって。それでライフセーバーとして海ではたらく予定だったのが、気づけば農家のあととりの女房となっていた。セイシロウはリカさんの学生時代の波乗り仲間で、「まさか家業が農業だとは思わなかった」のだそうだ。ちなみにリカさんの実家も農家なのだった。

蒸籠では遊ばせてくれなかったけれど、カガミさんはノリマキ用に広告の紙でボートを折ってくれた。こんどとなりの駅の近くにできる高層マンションの完成予想イラストが載った大きくて丈夫な紙だよ。青空のところがちょうど舳先《へさき》の部分になって、青いボートのできあがり。幌《ほろ》つきだから、ノリマキはさっそくそこに頭をつっこんで前進をはじめた。スリッパで遊ぶのとほとんど変わらないんだけど、まあいいか。

カガミさんは、ぼくたちの朝ごはんのしたくをしてくれる。冷蔵庫からとりだしたのは、きのう〈魚銀《うおぎん》〉のナナオちゃんがとどけてくれた牡蠣だ。わあい。

ナナオちゃんは〈魚銀〉のあととり娘で、生まれたときに若大将がおおよろこびして「魚魚《ななお》」って漢字をあてようとしたんだけど、区役所へいくとちゅうで友だちに逢うたびに一杯、また一杯って飲んでいるうちにすっかり酔っぱらって自転車にも乗れなくなり、かわりに大将（ナナオちゃんのおじいちゃん）が区役所へいって、常識的に「ナナオ」って届けてきたんだってさ。めでたし、めでたし。

ぼくはマドモアゼル・ロコのところで去年の秋に牡蠣をごちそうしてもらった。ロコは生の牡蠣は苦手で、牡蠣フライが好きだった。自分で揚げると身がちぢれてしまうと云って、駅前の上州屋が店さきで揚げているのを買ってくるんだ。袋にいれても、まだじゅうじゅう音がするようなのだよ。ロコは小走りで家にもどって、袋の口をあけてそこへスダチをきゅっとしぼって、パクパクたべていた。

ソースやケチャップだと味が濃すぎて、牡蠣の風味が消えてしまうからもったいないって。粒マスタードをちょっとつけて、バルサミコ酢でたべるのもおいしいと云っていた。

ぼくのぶんを、よけておいてくれる。冷ましてから衣をはがして牡蠣だけくれるんだ。トロトロの身を口のなかにいれると、じゅわじゅわっとジュースがあふれてくる。その身のまわりに、ちょっと弾力のあるへり飾りみたいのがついている。それがまたいいんだよ。

おかあさんのところへ来てからは、まだ牡蠣を味わっていない。すぐ水がぬるむ季節になっちゃったからね。夏のあいだじゅう待ちこがれていたんだ。

カガミさんはいま、プリプリの牡蠣に片栗粉をまぶしてユキヒラ鍋でていねいに乾《から》煎《い》りしている。きょうは牡蠣豆腐なんだって。といっても牡蠣とお豆腐を煮たのじゃなくて、牡蠣と卵とよせ豆腐を蒸したのなんだ。溶いた卵のなかに、やわらかいお豆腐と炒った牡蠣をきざんだのをいれて、軽くまぜておく。それをそば猪口《ちょこ》の七分目くらいに盛って蒸籠で蒸すんだ。

ほかのみんなのには、蒸すまえにダシで味をつけて葛《くず》あんをかける。そのほうが熱々トロトロでおいしいから。しあげにレモンかスダチをしぼるんだ。牡蠣の鉄分やタウリンはビタミンCといっしょにとると、からだへの吸収がよくなるからだって。

ぼくとノリマキのにはダシも葛あんもない。レモンやスダチも、ノリマキがちょっと苦手にしているから（見ただけで、酸っぱい顔になる）、カガミさんは卵を溶くときに甘柿の熟してやわらかくなったところをまぜこんだ。ほんのり甘くなっておいしいし、甘柿はビタミンCも豊富なんだって。

カガミさんは、にゃんごはんをつくるときも、そういう「お話」をしてくれる。だから、ぼくはちゃんと耳をかたむけるんだ。ノリマキは遊ぶのにいそがしい。まだあきずに紙のボートに頭をつっこんで廊下を乗りまわしている。

けさは牡蠣ごはんもある。牡蠣豆腐とどちらか好きなほうを選ぶんだって。両方でもかまわないけど、牡蠣の食べすぎはよくないらしい。大きいのをひとつきざんだのが、ぼくにはちょうどいい量なんだって。ノリマキには小さいのをひとつきざんで溶き卵とまぜるんだ。

この卵のお豆腐蒸しは、牡蠣じゃなくてもいい。エビやカニはもちろん、アナゴでもアサリでも白身魚でもおいしいよ。鶏のそぼろも！　小巻おかあさんは、しあげにわさびをのっける。それを葛あんごと、ぐるっとかきまぜて食べるんだ。

だんご姫は、はんぺんやナルトやカマンベールチーズでもおいしいって云う。だけど、ぼくたちやおかあさんには塩分が多すぎるからダメなんだ。

ぼくのとノリマキのをいっしょのお茶わんで蒸して、できあがったらべつのたいらな器に盛りつけてもらう。そのほうがはやく冷めるからね。蒸籠の湯気がもうもうとたちはじめると、ノリマキも紙のボートを放りだしてやってきた。おじいちゃんやおかあさんみたいに、熱々が食べられたら、こんなに待ち遠しくてじれったい時間がなくていいのになあ。

ノリマキなんて待ちきれなくて、ごはん用のチェブ柄マットのうえで腹ばいになってジタバタしているんだよ。まえに、よろこびのダンスを踊っていて玉子とじのお茶わんをひっくりかえしたことがあるから（あしのウラに、ちょっとヤケドした）、それ以来こりて、あばれてお茶わんのほうまでいかないように、腹ばいになるんだ。カエル泳ぎの練習をしているわけじゃないよ。

ぼくはひと足はやく牡蠣豆腐を食べはじめた（ノリマキはぼくよりさらに猫舌だから、ぼくが食べはじめてから五十を数えるとちょうどいいんだって。それでいま、目と目のあいだにタテジワをつくって、おちょぼ口になって数をかぞえている。意識をなにかに集中させるとヘンな顔になる子っているよね。ノリマキもそうなんだ）。ようやく五十になって、ノリマキも牡蠣豆腐にかぶりついた。

「おいしい？」とカガミさんがきいてくる。ぼくは顔をあげて、うんうん、とうなずいた。ノリマキはもぐもぐしたまま「うりゃるあうにゃむ（すっごくおいしい）。」と云ったが、ぼくにもすでにわからない。たぶんそう云ったんだろうと思うんだ。

廊下で足音がする。この時間は、まだだれも起きてこないはずなのに、と思ってみんなで台所の入口（ドアはあけっぱなし）に注目していたら、なんとびっくり桜川《さくらがわ》くんがあらわれた。しかも、いつもなら着がえをすませて母屋へやってくるのに、きょうはまだパジャマのままだ。といってもだらしのないかっこうをしているわけじゃなくて、ロングカーディガンをはおっているし、パジャマだってシワクチャじゃない。やわらかそうな生地だから、たぶんシワにならないんだ。色はココアブラウンで、袖口と衿《えり》にパールホワイトのパイピングがしてある。

「……ちびっこたちは、ここにいるのか。」

桜川くんは、ぼくたちのことをいまだに「ちびっこ」って云う。だけど、ノリマキだってもうすぐ一歳になるんだよ。

「すると、屋根であばれてるのは、おとなりさんのアメショか？」

（おどろくなかれ。クマおじさんは、実はアメショなのだった。黒っぽい毛並みだけど、よく見ると独特のもようがある。日ごろはモッサモサの毛並みだから、クマおじさんなんて呼ばれてしまうんだ。でも、このあいだペットサロンでおめかししたときは、みちがえるくらいりっぱな貴族になって、本名のマロコのマロは麻呂なのかも、とも思えるほどだった。↑マルコ家が親族や友人知人にくばる来年のカレンダーと年賀状用の撮影をしたんだって！　マルコ夫婦も、あれで底なしの親ばかだからね。でも三時間後にはぐちゃぐちゃになって、いつものおじさんにもどってる。で、そのクマおじさんは雨樋をつたって屋根にのぼれるほど身軽でも器用でもないからあの音とは関係がないし、ちびマロコはまだよちよち歩きで、イスのうえにものぼれない）

そうか。あのアトリエの屋根の真下は、桜川くんの寝室だよね。ここで耳にするより、ずっと騒々しい音がするにちがいない。するとまた、ゴットン、ゴロゴロ、ドサッという音がした。

「この音だよ。安眠をさまたげられた。これまで聞いたことがない音だから、季節と関係あるんだろう？　いったい何者のしわざなんだ？」

春にアトリエの二階へ引っこしてきた桜川くんは、宝来《ほうらい》家での秋を、はじめて経験するんだ。ぼくたちとおなじだね。

「トチメンボーです。」

カガミさんはまじめくさった顔で答えた。さっきは、ごくふつうにトチノミだと云っていたのに。

「トチ……メンボー？」

「秋の終わりにあらわれる妖怪の一種です。」

そうだっけ？　ソーセキ先生の『猫』には、でたらめの料理の名前として出てくるよ。なんだか、カガミさんのようすがヘンだ。

「もう立冬だろ。」

桜川くんは、いたって現実的に応じた。

「トチメンボーは良質の蜂蜜が採れる場所にあらわれるので、養蜂家には歓迎されています。」

「立冬だといっても、昔の人が霜月《しもつき》と呼んだほどには寒くないよな。カガミが生まれてからの東京で、年内に霜がおりるなんてことは、ほとんどなくなったもんな。おれの子どものころには、いく日かあったかもしれない。カホルや樹《いつき》さんの話だと、彼らが子どものころは十一月にも地面が立ちあがるようなザクザクした霜《しも》ばしらが立って、十二月に厚い氷がはる日もあったらしい。いまじゃ、十一月の終わりになって、やっと紅葉がはじまるくらいだから、ずいぶんなちがいだな。」

「すみかの木が加工されて弦楽器になると、こんどはそこに棲みつくトチメンボーもいるそうです。」

「じいさんの記憶では、四十数年まえの東京の真冬は、ほとんど毎朝のように庭の水蓮鉢に氷がはったと云うんだよ。それも金魚ごと凍るような厚い氷だ。いまは氷がはるほど冷えるのは大寒の前後くらいで、ひと冬に二日とか三日とか、そんなものだろう。じいさんの話がほんとうなら、温暖化なんてゆるやかな変化じゃなくて、もっと急速に高温化へ向かってるってことだよな。地球の問題じゃなくて、要因は太陽だ。金星なみの表面温度になったら、もう人間は住めないんだからさ。」

「トチメンボーは都市に適応して、数を増やしている妖怪です。」

わかってきたぞ。カガミさんはいつものぶっきらぼうな調子でしゃべり、表情もふだんと変わらないけど、ほんとうはとんでもなくうろたえているんだ。その理由は、もちろん桜川くんで、まだみんなが寝静まっているこんな時間にあらわれたからだよ。しかも、パジャマ姿で。家のなかにほかの人がいても、台所ではふたりきりだから、カガミさんは平静ではいられないんだ。

夏のあいだに、小巻おかあさんと暦さんが旅行に出かけ、両親とバカンスを楽しむだんご姫が留守だったときも、ひとりだけ家にのこったカガミさんは、棟つづきの同じ屋根の下で、桜川くんとふたりきりになるはずだった。だけど、あのときは、桜川くんに急な出張がはいって、それに早《さ》っちゃんも遊びに来たから、けっきょくは桜川くんとふたりだけで家に残ることにはならなかった。

だけど、きょうの場合、問題はカガミさんではなくって桜川くんだよ。カガミさんが、どうしていつまでもヘンなトチメンボーの話をするのか気づいているくせに、わざと知らん顔してかみ合わない会話をつづけているんだ。

ここは、ぼくの出番だなと思ったので、牡蠣豆腐のお茶わんを手でぬぐってから、ぴょんと桜川くんの胸もとへとびついた。上等そうなやわらかいパジャマで、口のまわりと手にくっついた玉子を、ふきふきした。

ぼくのシナリオでは、桜川くんがコラッと怒り、カガミさんがあわてておしぼりタオルを用意して、それをふきとる（のを口実に桜川くんに接近する）、というものだった。だっていまは、台所の奥まったところから一歩も動けないでいるんだよ。

桜川くんは「おい、行儀が悪いぞ。」とは云ったけど、まるっきり腹をたてなかった。子どものころから、にゃんトモだから気にしないんだ。いっぽうのカガミさんはぼくのシナリオどおり、おしぼりタオルをつくり、熱湯消毒のかわりに電子レンジで加熱をはじめた。

ところが、このあと番狂わせがあった。ぼくも知らなかったんだけど、カガミさんは熱いものをつかむのが苦手なんだ。ふだんなら自分で気をつけて、トングやミトンをつかう。それなのに、いまは平常心ではないから、できあがった熱々のおしぼりタオルをじかに素手でつかもうとして、つかみそこねて床に落とした。

カガミさんが台所で失敗するなんて、ほんとうにめずらしい。おしぼりタオルをあたらしく作りなおそうとするカガミさんに、桜川くんは「これでいいよ。どうせ洗濯するんだから。」と云って床のタオルをひろいあげた。できたてのホカホカのときより冷めているにしても、桜川くんはそれをギュッとつかんで平気な顔でいる。

なにか云いたそうなカガミさんに向かって、

「皮の厚さがちがうんだよ。おれの表面センサーはカガミみたいに繊細じゃないからさ。」だって。

さすが、悪魔と呼ばれる人物は、こんな場面でなにを口にすべきかを心得ている。つづけて、さわってみる？　と云うつもりだったのは確実で、桜川くんが手をさしだしてまさに口をひらきかけたそのとき、カガミさんが話の腰を折った。

「ざぶとん二枚ってところですね。」

なみの回路じゃないのはわかってたけど、カガミさんはヘンな絶縁体までつけている……。

「なんだって？」

「センサーと繊細。」

この場合、どう考えても桜川くんは韻をふんだわけでもないし、ダジャレを云ったのでもない。カガミさんの失敗を悪魔的にフォローしただけなんだ。ところが、カガミさんの意識は賢治さんかぶれの鉛直《えんちょく》フズリナ配電盤に支配されていて、よりによって反応すべきじゃないところに回路ができて電気がながれたのだった。

（早っちゃんに修理を依頼したほうがいいよ、絶対に！）

ふざけたことを口にした自覚があるのかどうかも怪しいカガミさんだが、それでもちゃんと黒豆と大麦をブレンドしたお茶をいれて、桜川くんにふるまった。

カガミさんのぶっきらぼうな口調は、ただでさえ皮肉っぽく聞こえるし、ポーカーフェイスだから、ヘタをすると小ばかにしたように受けとられる。ふつうの男の人（プライドばかり高くて、気の小さい）ならただちに怒りだすところだろうけど、桜川くんは自分でも云っているとおり「繊細じゃない」から、怒りセンサーも、たやすくふりきれるような小幅ではないのだった。だからこその、悪魔なんだけどね。

「まあいいや。……ちびっこたちは牡蠣豆腐を食べたんだな。おとなの朝食の献立は？」

「牡蠣ごはん、または牡蠣豆腐の好きなほうを。おかずは手羽肉と銀杏とりんごの炊きあわせです。それに焼きなすの赤だしがつきます。手羽肉の炊きあわせは、ふだんなら大豆がはいるんですけど、きょうは到来ものの銀杏をつかいました。ですから、牡蠣ごはんを選んだ場合は、ランチのときに豆腐でもガンモでも卯の花和《あ》えでも、大豆食品をなにか一品食べて植物性タンパク質をおぎなってください。」

「きょうのランチは取引先といっしょで、イタメシの予定なんだけどな。」

「それなら、せめて魚介の前菜を選んでください。レモンが添えてあったら、それもくわえてください。ビタミンCによって、ミネラル成分をいっそう効率よく吸収できるんです。」

さっきにくらべると、カガミさんもだいぶまともになってきた。でも、もはや時間切れだ。桜川くんは着がえをしに部屋へもどっていった。こうして、けさのニアミスは、よくも悪くも、なにごとも起こらずに終わった。

着がえをすませた桜川くんは、あらためて朝食を食べに小食堂にやってきた。いつもの、かならず同じ店で買っているブロードのシャツに、家にいるあいだだけさっきとおなじロングカーディガンをはおっている。上着とコートは玄関横のクローゼットにおいてある。トイレと洗面台もあるから、そこで身じたくをととのえて、おシゴトに出かけてゆくんだ。

リビングのまえのテラスにひだまりができた。ぼくとノリマキは窓をあけてもらって、そこで遊んだ。南どなりの家のトチノキが見える。桜川くんの部屋があるアトリエの屋根のほうで、またもやゴットン、と音がした。ノリマキはびっくりしてその場で固まり、こてん、とシリモチをついた。

つづけて、ゴロゴロっと音がひびく。かくべつに重い実だったようで、ズボッと落っこちた。

「熟すのが、年々おそくなっているね。昔は十月のはじめだったんだよ。実にうまそうな色をしているくせに、煮ても焼いても喰えないヤツでね。アクをぬいて水にさらして殻をむく。さらに乾燥させて粉にひく。それをもち米とあわせて蒸しあげて、やっと口にはいるんだからねえ。」

ジャン＝ポールである。いつのまにか、ぼくとノリマキのうしろにたたずんでいた。枯れ葉のなかから、丸い果実をひろいだした。イガイガのついてない殻は、落ちた勢いでパカッと割れる。栗とよく似ているが、もうちょっと茶色が濃く、銀箔で粋に薄化粧した種子がころがりでた。だけど、このままではクマも食べないんだって。

午前十時半ごろ、ランチをかねた遅い朝食をたのしんでいるおかあさんのところへ、なにやら大きな布製サックを肩にかついだテコナさんがあらわれた。もちろん、宝来家までの道中は自転車なので、サックをかついで歩いたのは玄関から小食堂までのことだけどね。

サックのなかには、大粒の栗がいっぱいはいっていた。テコナさんの実家のおかあさんが地元で採れた栗をどっさりとどけてくれて、売るほどあるんだって。葉っぱのついた毬《いが》もまじっている。

ノリマキはサックの口に頭をもぐらせようとして、おかあさんに首ねっこをおさえこまれた。

「やれやれ、あぶないところだった。毬に鼻をつっこんだらたいへんよ。これが刺さったら痛いんだから。ほら、キッチンクロスだって突き刺しちゃうの。ノリマキは、栗の毬ははじめてだっけ？」

おかあさんは、毬のうえにキッチンクロスをのっけて、トゲトゲがそれを突きとおすのをノリマキに見せた。

「うにゅにゃ？（……かみつく？）」

なに云ってるんだ。それは栗の実だよ。毬で武装してるんだ。夏のはじめごろに、セイシロウ農園のおとなりさんの栗林で見たじゃないか。あれとおなじだよ。もっとも、あのころはまだ直径が二センチくらいの緑のやわらかい毬だったけどね。銀ドロがブローチみたいに胸にくっつけて、子分にしてるオグリとアグリ（どっちもおとなりさんの、にゃんこ）をしたがえて歩きまわってただろう？　本人はあれで勲章のつもりだったんだよ。テコナさんがもってきたのは、それが熟して戦闘バージョンになったのなんだ。

「チマキは手をださないのね。食べられるわけじゃないし、生きものでもないから、興味ないよね。ノリマキはもしかすると、生きものだと思ってるかもねえ。」

まさに。ノリマキについてはそのとおり。ぼくは、焼き栗ならちょっと気になるんだ。マドモアゼル・ロコの好物で、師走《しわす》のころはよくいっしょに近所のお店へ買いにいったんだ。ぼくはまだ小さかったから、だっこしてもらってリードをつけていた（赤ん坊のノリマキは子守のミャーコおばさんのところでるすばん）。

真っ赤なエプロンをつけた人がジャージャー音をたてて、お鍋で栗を炒っている。その場で味見させてくれるから、みんなが食べちらかしたおこぼれを目当てに鳩《はと》があつまってくる。そうすると、ぼくはワクワクして鳩の背なかの三角旗（首のすぐ下の、翼と翼のあいだのやわらかいところだよ）に狙いをさだめてロコの腕から飛びおりるんだ。

もちろん、鳩はいっせいに翔びたち、あっというまに手のとどかないところへ舞いあがる。あの技だけは、ツバメにもまねできないんだってさ。まっすぐに上昇するのは鳩の特技なんだよ。そのときにふりそそいだ細かな羽毛がひとひら、空をみあげるぼくの鼻の穴をふさいだ。だから口をあけたら、こんどはそこにも羽毛がはいりこんで、クシャミがとまらなくなった。マドモアゼル・ロコがいい匂いのするハンカチを貸してくれて、それでおさまったんだ。

お菓子のようなハチミツのような匂いで、もう一度かいだら絶対わかるんだけど、どんな匂いだったかをコトバにするのはむずかしい。

ノリマキは、毬のまわりを警戒しながらグルグルまわっている。まだかみつかれると思っているのかもしれない。ときどき立ちどまって、しっぽを持ちあげ、先端をしきりに動かす（ちょっと威嚇してるつもり）。でも、すぐに風のない日の吹きながしみたいに、たれさがる。つぎに反対まわりをして、また立ちどまり、ハッケヨイにそっくりの前かがみになって、毬をにらみつける。

それから、ようやく手をつかうことを決意した。そっとさわる。チクッとしたらしく、すぐにひっこめた。すれすれのところに手をかざして、反応をたしかめている。攻撃してくると思っているんだ。相手に動きがないので（あたりまえだけど）、そっと手を近づけてどうにかさわってみる。すると、またチクッと刺さったらしい。それをくりかえしているうちに、みんながいるテーブルのほうをふりかえって、顔をくしゃくしゃにした。

「ああん、もうどうしていいのかわかんないよぅ。」って意味なんだ。声をだざずに、泣きまねをする。

それまで見物していたカガミさんが、トングを持ちだして毬をひょいとつまみあげ、リネン室のほうへゆく。ノリマキもケロッとしてついていった。カガミさんは勝手口で厚底のシューズにはきかえて毬を踏みつけて、なかの栗をトングでつまみだした。まるまる太ったつやつやの栗だ。それをコロコロっとリネン室の床へころがした。ノリマキはとたんに追いかける。

いびつな栗は、思いがけないほうへ転がる。ノリマキは夢中になって跳びついたり、かけまわったりしている。たぶん、コオロギやバッタのような生きものを相手にしているつもりなんだ。ほうっておこう。

ぼくは小食堂へもどって、ドードーさんのイスの刺し子の座布団で昼寝をすることにした。テコナさんは、実家のおかあさん恒例の突然の訪問のことを、ウチのおかあさんに話しているところだ。

「新幹線に乗る直前に電話をしてくるんですよ。留守だったら、栗をどうするつもりなのかしら。電話があった二時間後にはもううちの台所にいるんだから、びっくりです。それでお昼を食べていくのかと思うと、上野の美術館へいって、そのあとで駅舎にあるレカンのデザートつきのランチを楽しむんですってさ。あそこのお店って、ひとりでも気楽に立ちよれる雰囲気だそうですね。そういうご同輩がいっぱいなんですって。ひとりでもちゃんとテーブル席に案内してくれて、ゆったり食事ができるって。……うらやましい身分だなあ。わたしなんて上野へいくときはきまって子連れで、行き先は動物園か科学博物館。ランチはお弁当。それも子どもたちの世話に追われながらパクつくかんじです。」

「なあに云ってるの。おかあさんだって、そういう時代を過ごしたあとで、やっと手にいれた気楽な時間なのよ。あなた、子どものときにたびたび上野へ連れてきてもらった話をしてるじゃない。新幹線のない時代に、子連れで長距離を移動したご両親はたいへんだったと思うな。子どもって、帰りの電車のなかで眠っちゃうでしょ。テコナさんも、家にたどりついたときの記憶ってないんじゃない？　もう夢のなかよね。きっとおとうさんとおかあさんがあなたを交替でおんぶしてだっこして、へとへとになって帰宅していたのよ。おかあさんは、そのころから上野になじみがあって、それでいまはひとりで気軽に出かけていらっしゃるんでしょう。」

「コースはだいたいきまっているみたいです。帰りがけにアメ横で父におみやげを買って、夕方の五時まえにはちゃんと家に帰りついてふたりで晩ごはんです。」

「なによりね。おかげで、うちにもおいしい栗をいただいちゃって、ごちそうさま。」

「こちらこそ、ひきうけてもらって助かります。食べきれないほどあるんだもの。友だちにあげるといっても、生の栗はあまりよろこばれないんです。茹でるだけでもめんどうだし、煮たり焼いたり蒸したりは、もっとたいへん。おまけに皮をむくのもやっかいでゴミになるし、うかうかすると虫を見つけて凍りつく。だから、炊きこみごはんや栗きんとんをつくるときは、甘露煮を買ってくるほうがいいんです。栗も大粒で味もついているし、つかいきりの分量で便利ですからね。値段の高いのが、玉にキズ。でも、たまにしか食べないものだから、ちょっと奮発するのもいい。蒸して無糖のペーストにしたのをあげると、みんなよろこんでくれます。そのままパンにぬって、トースターで焦げ目をつけるくらいに焼いてメープルシロップをかけたのは、ちょっとしたおやつになります。プレーンなアメリカンマフィンを買ってきて、しぼりだし器でペーストをトッピングすると、お手軽モンブランのできあがり。子どもたちには好評です。お菓子屋さんのモンブランだと、子どもにはカロリーが高すぎるんです。でも、はんぶんこなんて納得しませんからね。」

「フランス風の元祖モンブランは、生地のうえに雪に見たてた真っ白のフレッシュクリームをのせて、そこへマロンクリームをターバンのようにしぼりだすの。とってもないカロリーよ。」

「マロンクリームの色もちがいますね。フランスのはマロングラッセの色で、日本のは甘露煮の黄金《きん》色《いろ》で。」

「クチナシの実で、わざわざ黄金色にしあげるんだものね。だから、それを栗色だと思っている人も多いの。日本語でも、栗色は鬼皮《おにかわ》の色のことをさすんだけど、半分くらいの人は、……というより若い人のほとんどは栗色って書いてあると、お菓子のモンブランやおせちの栗きんとんの黄金色を思い浮かべるらしいの。翻訳家泣かせよ。」

「わたしの実家のほうでは、栗きんとんと云ったら、栗を蒸して茶巾《ちゃきん》でしぼったもののことなんです。フランスのモンブランにちかい色ですよ。」

「栗って古くからのたべものだから、土地によって特色があるのよね。栗ようかんだけ比べてみても、いろいろよ。テコナさんの故郷は産地だから、栗だけでつくるようかんでしょ？」

「そうじゃないのもあるんですか？」

「ふつうは、小豆のようかんに栗のはいったのが、栗ようかんなのよ。」

「あ、そうか。栗蒸しようかんもそうですね。」

「実家の仕出し料理に、秋になると栗伊達巻きっていうのがくわわるの。栗のペーストを溶いた卵にまぜて、玉子焼きをつくるのよ。これがまたおいしいの。」

「うわあ、それはごちそうですね。」

おかあさんは、そんな話をしながらお気にいりのベークド・アップル・サンドイッチを食べている。フライパンに発酵バターをとかして、ふつふつと泡だつくらいに熱くなったら、そこへスライスしたりんごをならべて焼く。フライパンをゆすったり、菜箸《さいばし》でかきまわしたりしちゃだめなんだよ。片面ずつ、じっくり焼きあげる。それをイングリッシュブレッドにならべてシナモンをふりかけ、さらにトースターで焼くんだ。

りんごのジュースとバターがとけあって、香ばしい匂いがたちのぼる。バターが膜をつくるから、ジュースはパンにしみこまない。りんごはしっとり、パンはサックサクに焼きあがる。ナイフで切りわけると、とってもよい音がする。

きょうのは櫛形《くしがた》にスライスしたりんごだけど、イングリッシュマフィンのサンドイッチにするときは、輪切りのスライスにする。

おかあさんが食べているベークド・アップルはカガミさんが朝のうちにつくって冷蔵庫に保存しておいたものだ。上等のバターをつかっているから、時間とともにりんごのなかにじわじわとバターがしみわたって、焼きなおしても、できたてホヤホヤとはまたちがった風味をたのしめる。

濃いめの紅茶に、クレーム・ド・カシスをちょっとくわえて、それを飲みながらおかあさんはつぶやいた。「これがまた、カクベツなのよねえ。」

いっしょに飲んでいるテコナさんも、うなずいた。

「酸味のきいたリキュールと紅茶って、相性がいいんですね。」

「発酵茶ならなんでもあうのよ。ウーロン茶でもおいしいわよ。クレーム・ド・カシスのかわりに梅酒でもいいの。」

今週号のママテコ（テコナさんの発行するフリーペーパーは〈Maman tekona〉というタイトルなんだけど、だんご姫にならってぼくもママテコと略している）に載った「コママ記」にも、おかあさんは栗とりんごのことを書いた。

《栗のお菓子は一年じゅうあるけれど、いつもの銘《めい》にそえて新栗の文字がおどっていると、ちょっと高いなあ、と思いつつも、ついつい手がでる。栗と寒天と砂糖だけでできた栗ようかんも、栗のかたまりがごろごろっとはいった小豆の栗ようかんも、もっちもちの栗蒸しようかんも、みんな好き。どれも甲乙つけがたい。

昔だったら、四センチくらいの厚さに切って番茶をいれて、ああ、極楽ってものだったけど、いまは一センチ巾でがまんしている。せっかくの栗がこまぎれになってしまってもったいないけど、でもねえ……、来年も健康なからだで栗を味わいたいと思ったら、ここはがまんしなくちゃいけない。

好きなものを好きなだけたべて、この世にあまりのさばらないうちにおさらばするのも、ひとつの生きかただけど。

以前におみやげでもらった栗のお菓子でちょっと変わっているると思ったのは、白い栗ようかん。白小豆と白いんげんを練りあわせて、栗といっしょに型へ流しこんである。茶と黄金の栗蒸しようかんが棒縞《ぼうじま》の粋な着物なら、白い栗ようかんは白地に生糸《きいと》で刺しゅうした半衿というかんじ。淡々《あわあわ》としたようすが女の人の肌を連想させて色っぽい。ふつうの小豆のようかんほど練りこまれていなくて、口のなかでホロホロっとほぐれるのも、なよやかでよい。かつては粋筋《いきすじ》の女の人たちがごひいき衆に配ったものだと聞いたことがある。そう思うと、白い生地がなおさら艶《つや》っぽく見えてくる。

秋から冬にかけては、りんごの季節でもある。アプリコットやプラムもそうだけど、酸味のあるくだものは、ちょっと火をとおすといっそうおいしくなる。肉といっしょに煮込んでもよし、野菜といっしょに炒めてもよし。

皮ごとうすく輪切りにしたりんごを発酵バターでじっくり焼いてベークド・アップルをつくる。ロースハムをのせたイングリッシュマフィンのうえにそれをならべ、シナモンをふりかけてトースターで焼く。アルミ箔を敷いて、マフィンがカリカリッとしたかんじに焼きあがるのが好き。

りんごのかわりに、炒めたブロッコリーやズッキーニをのせてもいい。赤ピーマンがあると彩《いろど》りがきれい。

食べるときに、大葉をのせて口にはこべば、これがまたオツな味。このとき、葉の裏を上にすること！　なあんて、白状するとわたしも人に教わったんだ。葉の裏と表で味わいがちがうなんて、思わなかった。ためしてみて！

おフランス自慢のホーロー鍋でつくる蒸しりんごも、この季節ならではのお楽しみ。紅玉《こうぎょく》をつかうのがよい。姫りんごなら、かわいらしいサイズの蒸しりんごができる。皮ごとりんごを洗って（ワックスが気になるときは、重曹でこすって洗いながす）、芯をきれいにくりぬく。芯ぬきがあると便利だけれど、フォークでも大丈夫。

底に穴をあけないように気をつけて。穴があると、蒸したときにふつふつとしみだしてくるせっかくのバター＆ジュースが流れてしまってもったいない。底の部分をアルミ箔でくるんでおいてもいい。

くりぬいたところへ、発酵バターをつめる。分量はお好みで（カロリーとも相談して）、だいたい三十グラムぐらいかな。あらかじめバター（詰めるのとはべつ）を溶かしておいた鍋にいれてフタをして蒸す。りんごのなかのバターが泡だってとけたころに、砂糖をくわえる。からだのためには、甜菜糖《てんさいとう》がよい。これもお好み。あとでジャムを詰めるので、砂糖はひかえめでもいいかも。

大きさにもよるけれど、十五分くらい蒸したら、ジュースがふつふつとあふれてくる。吹きこぼれないようにお好みのフルーツジャムを詰めて、さらにもうちょっと蒸す。さいごにカルヴァドスがあれば、それをふりかける。フランベすると、表面がつやつやにしあがる。

詰めこむジャムはマーマレードが一般的だけど、フランス風にするならグロゼイユ（赤すぐり）やカシス（黒すぐり）やフランボワーズ（木苺）を。

このまるごとを、熱々のうちに、ひとりでぜんぶほおばる！

（バター三十グラムは、百八十キロカロリーくらいある。ごはんを茶わんに一杯ぶんとおなじ）

もちろん、おフランスの鍋をつかわずに、ふつうの蒸し器でもできる。

これにフレッシュクリームをそえると、さらに豪華になるけれど、……がまんしたほうがよさそう。自家製カッテージチーズなら、少しくらいは……ね。》

午后になって、ボイラーの修理屋さんがやってきた。ノエさんっていう女の人だ。玄関のまえがガレージになっているからそこに車をいれてもらう。修理道具を運びこもうとしていたノエさんが、「ああ、なんでこんなところにいるの？」と叫びごえをあげた。にゃんと！　車のカーゴスペースに積んだ資材のゴムホースの真ん中に、にゃん娘《こ》がいた。寝ぼけているというよりは、思索にふけっていたの、という顔をしている。お勉強ができそうな、にゃん娘だ。

「おや、美人さんがいる。お名前は？」

小巻おかあさんは、うれしそうにのぞきこんだ。

「すみません。アップルです。きのうの晩に姿が見えなくなって、でも内弁慶だから外にはいかないはずで、家のなかにいると思ってけさもずっとさがしていたんですけど、こちらへ伺う時間になっちゃって。こんなところにいたなんて。」

シナモンパウダーとブルーのセミロングで、アップルグリーンの眼が、いかにも賢そうなにゃん娘だから、アップル女史と呼ぼう。

「新しいゴムホースって、みんな好きなのよね。きのうの晩から行方不明ならごはんがまだなんじゃないの？　よかったらうちで食べる？　うちの子たちは、手作り派なんだけど。」

「喰いしんぼうなので、おいしいものならなんでも食べます。」

「お口にあわないかもしれないけど。」

「大丈夫ですよ。ほら、彼らの顔に、おいしいよって書いてありますもん。」

ノエさんは、ぼくとノリマキのことを云っている。

「うちのごはんを食べてみる？」

おかあさんがたずねると、アップル女史は、ぼくたちをチラッと横目で見た。ノリマキはあわててぼくのうしろにかくれた。

「ええ、よろこんでごちそうになります。」なんて、アップル女史はすましてこたえた。おかあさんは女史を小食堂へあんないして、お好きなところへどうぞ、と云った。女史はモチーフ編みのカバーをかけてある暦さんのイスをえらんで、ぴょんとそこに跳びあがった。ぼくは台所のようすを見にいった。

カガミさんが電子レンジで牡蠣のバター蒸しをつくっている。牡蠣豆腐だと時間がかかるからね。できあがったバター蒸しに自家製のカッテージチーズをそえる。ごちそうだ！ でも熱いから、すぐには食べられない。

女史がいつのまにか台所へ来て、そわそわと歩きまわっている。でもよその家でそんなことをしたら、お行儀が悪いと思ったらしく、ぼくに「お化粧室はどこかしら？」ときいた。

おんにゃの子用は、マダム日奈子《ひなこ》のアトリエにある。なぜって、秋のピクニックで知りあったマロンちゃんのおかあさんで染織家の千歳《ちとせ》さんが、マダム日奈子の刺しゅう教室に通ってくるようになったからなんだ。マロンちゃんもいっしょに来るんだよ。それで、ぼくたちと遊ぶんだ。

アップル女史をアトリエに案内した。すると、びっくり、「お教室」の日じゃないのに、マダム日奈子のところへ千歳さんが来ていたのだ。きょうは生徒さんではなくて、染織家としておとずれたそうだ。もちろんマロンちゃんもいる。

「ほら、マロン、チマブーとノリピー（って呼ぶんだよ。千歳さんは）が来たわよ。……あらあら、知らない娘さんがいっしょよ。ライバル出現ね、どうするマロン？」

ライバルって？？？ と思うまもなく、マロンちゃんのマロンクリーム色の背中がふわっと丸くなった。じゃなくて、毛を立てているんだ！ ふりかえると、アップル女史もおなじことをしていた。うわぁ、おんにゃの子ってコワイぞ。

7. Early Winter
お楽しみ会

きのこたっぷりごはん
鶏の皮とお豆腐のかつおだし煮こみ
タマネギのタルト
＋
水晶豆腐
ト・ウフ・ア・ラ・ステーキ！

十二月は、なにかとあわただしい。おかあさんも暦《こよみ》さんも、シメキリというものに追われて、あたふたしている。いつもは、立ち寄ればお茶をしてくつろいでゆくテコナさんも、勝手口まで自転車を乗りつけて早口でなにやらおかあさんと打ちあわせをすませ、すぐさま風のように走り去った。

それでも、なんだかみんな楽しそうにしている。ちょっとのあいだを利用して、にこにこしながら相談ごとをする。暦さんは手作りのアドベントカレンダーを、毎日うやうやしくめくって鼻歌を歌う。よっぽど、心待ちにしていることがあるらしい。飲茶パーティとかピクニックとか、イベントがあるたびに宝来《ほうらい》家の人々はその日に向けてみんながそわそわと過ごすのが、ならいなのだ。こんどはなんだろう。

クリスマスとは、ちょっと日にちがあわない。ぼくが以前いっしょに暮らしていたマドモアゼル・ロコにとっては、クリスマスがどんなイベントにもまさるお祭りみたいだったけれど、宝来家ではそれほど熱くなっていない。お正月はまだ先だし。

どうやら、お楽しみ会という名の、ボウネンカイがひらかれるらしいんだ。おかあさんとテコナさん、それに暦さんのいつもの顔ぶれにくわえて、セイシロウ農園のリカさんやミス・オイサもメンバーになっている。〈魚銀《うおぎん》〉のナナオちゃんも時間がゆるせば、かけつけたいとのことだ。でも、年末の鮮魚店は稼ぎどきだから、「きっと、だめだと思います。」と残念がっている。

おかあさんの実家の松寿司《まつずし》でも、年の瀬は「猫の手も借りたい」ほどの忙しさなんだって。このあいだ、おじいちゃんが遊びにきたときにそう云っていた。だから、ぼくもノリマキも助っ人にいくつもりだったけど、「気持ちだけでいいよ。」っておじいちゃんに云われた。

現役の料理人だったときに、早起きして魚河岸にいっていたおじいちゃんは、隠居したいまも早起きだから、ぼくたちの朝ごはんの時間に宝来家へやってくることが多い。だけど理由はもうひとつあって、ぼくたちといっしょの朝ごはんを食べたいからなんだ。「ぼくたちといっしょに」じゃないよ。「いっしょの朝ごはん」だよ。ここはだいじなところ。

なぜかといえば、ぼくたちのごはんは、鶏の皮とか手羽肉とか、魚のバター焼きとか、おじいちゃんが（ほんとうは大好きだけど）食べてはいけないって云われているものばかりで、おじいちゃんはそれをこっそり「つまみぐい」するつもりで、やってくるんだ。

カガミさんは、松寿司のつくねさんに「食べさせないでくれよ。」と頼まれている。いっぽうで、おじいちゃんの楽しみもわかるから悩むらしい。けさも、ぼくとノリマキが、鶏の皮とお豆腐のかつおだし煮こみを食べているところへおじいちゃんがやってきた。おかかがたっぷりのっていて、鼻イキでフーッて飛ばすのがおもしろい。

「おいしそうだねえ、」と云われて、ノリマキは正直に「うみゃいふにゃ、」と口をもぐもぐしながら答えた。するとカガミさんは、おじいちゃんがおねだりするまえに、気をきかせて器によそったのをだした。おじいちゃんは「これは、これは、」と顔をほころばせてテーブルについた。ぼくたちのとちがって、熱々のスープに黒山椒がふってある。

「もちもちぷりぷりした皮だねえ、うまいねえ。かむと、口のなかでチーズがとろけるようだよ。豆腐もだしがしみていい味だ。」とよろこんでいる。

カガミさんがあとで小巻おかあさんに報告したところによれば、おじいちゃんの鶏の皮とお豆腐のかつおだし煮こみには、ほんものの鶏の皮はひとつもはいっていなかったんだって。カガミさんはニョッキの生地《きじ》を鶏肉の皮に似せてつくり、それらしく味つけしたんだ。おじいちゃんは、昔ほど舌が敏感ではないし、かつおだしのスープが熱々だったから、ごまかされちゃったんだ。

でも、もしかすると、ちゃあんと気づいていて、カガミさんの心づかいを思って、だまされたふりをしたのかもね。うん、きっとそうだ。

おかあさんたちのお楽しみ会の幹事はテコナさんだ。この集まりの顔ぶれも、テコナさんが主宰する雑貨店のフリーペーパーを読んだり、記事を載せたり、広告を出したりしている人たちだ。

ゆうべ、テコナさんから連絡があり、おかあさんは小食堂で電話をうけた。

「問題はタマネギよねえ。シチューにしても、カニクリームコロッケにしても、魚の煮こみにしても、マリネにしても、この季節の家庭料理でタマネギぬきだなんて、それは無理だもの。だいいち、この持ちよりパーティのいちばんのお楽しみは、マオ先生がもってきてくれる、マオママ特製のタマネギのタルトでしょ。空焼きにしたタルト生地と下ごしらえしたタマネギをべつべつにしてマオ先生に持たせてくれるから、生地に具をのせて高温のオーブンで十分も焼けば、熱々とろ甘のクリーミィなタマネギとさっくさく生地の極上タルトをたのしめる。しあわせよねえ。タマネギは、焦げたところがまた香ばしくておいしいのよ。炒めものをするときに、フライパンのはじっこのほうで、ひげみたいに細い切れはしがちょっと焦げついちゃったのなんかを、わざわざトーストにのっけて食べたくなるの。だけど、この子たち（ノリマキは電話中のおかあさんのひざ枕でうたた寝中。ロングセーターの前ポケットにおさまっているから、ぬっくぬく）が来てからは、うちではタマネギ料理をつくるときは、ちびさんたちが台所へ近づけないようにしてるの。ほかの部屋に遊び場をつくったり、散歩に連れだしたり。……そうよ、みじん切りのはいったハンバーグも、タマネギをピュレにしたポタージュでもだめなの。多いか少ないかではなくて、ゼロか有りかって話。おまけにこの子たちは、肉にまぎれていれば、ごちそうだと思って食べちゃうのよ。タマネギには、にゃんこ族の赤血球を壊す成分がふくまれるの。タマネギだけでなく、においの強い植物には気をつけないといけない種類が多いみたい。ニラとかラッキョウとかニンニクとか、ネギ、ウイキョウなどもよ。人間にとっては滋養になるものだから、昔の人はなんの悪気もなくニラやネギのはいったお粥《かゆ》の残りを、ねこまんまにして食べさせていたんでしょうね。だから、昔の猫は短命だったのよ。生卵の白身もいけないの。人間だったら、白いごはんに生の溶き卵をかけたのなんて、大好物のごちそうだという人もいるのにね。わたしは生卵が苦手なんだけど、卵かけごはんは、好きな人のほうが圧倒的に多いんじゃないかなあ。……ほらね。納豆はどう？わたしは粒マスタードとバルサミコ酢でたべる。タレだと塩分が気になるし、パックについているカラシも苦手でね。実家の父は、卵を制限されるまでは、生卵、しょう油、小口切りにしたネギ、和ガラシという正統派だったんだけど、いまは黒酢よ。

……なんて話はここでしなくてもよかったんだ。なんだっけ？　そうそう、タマネギ問題よ。お楽しみ会の当日はカガミに特別休暇をあげちゃったでしょう？　だから、わたしや暦が気をつけないといけないけど、飲んだり食べたりおしゃべりしたりに夢中になると、どうしても注意がおろそかになる。カガミに、おちびさんたちを連れだしてもらうことも考えたんだけど、せっかくのお休みにそれを頼むのも気のどくだもの。早《さ》っちゃんとどこかへ出かける計画もあるみたいだし。わたしたちの仕事の都合ならともかく、お楽しみ会なんだから無理は云えないわよ。日奈子《ひなこ》さんのアトリエであずかってもらう案も、お客様があるらしいから遠慮したの。季節が季節なだけに、なかなか妙案が浮かばないわ。」

つまり、タマネギをつかった料理をたっぷり食べたいけれど、ぼくやノリマキが、うっかり口にしてしまうといけないから、おかあさんも頭を悩ませているってことなんだ。ぼくたちだって、ちゃんとタマネギのかたちをしていれば口にしないけど、煮こみ鍋のなかでとろとろにとけていたら、肉のかたまり欲しさにお行儀悪く鍋に顔をつっこむかもしれない。朝ごはんをもらっておなかがいっぱいだとしても、肉のにおいには弱いんだ。

ぼくとしては、ほかにどうしても方法がなければセイシロウ農園にあずけてもらってもいい。遊び場としては、最高だからね。だけど、あそこには手強《てごわ》いアルチザン・ユリアがいるから、ちょっと覚悟しないといけない（銀ドロは、どうってことないよ。単純だから、ユリアにくらべたら、あつかいかたははるかに簡単だ。おだてれば、すぐ有頂天《うちょうてん》になるしね）。

そりゃあ、ぼくも成長したよ（だってね、にゃんこライフだと二十歳《はたち》の若者だもん）。だけど、ユリアも育ち盛りで来年は年長さんだ。このごろは、持ち歌にさおりもくわわった。さおりは、ユリアのおばあちゃんの娘時代の流行歌手なんだけど、いまだに現役バリバリなんだって。

十二月にはいり、毎日のようにだれかしらあての荷物がやってくる。だんご姫のところには、パリにいるカポリン（だんご姫のおかあさんのカホルンのこと）から、はやばやとクリスマスプレゼントがとどいた。でも、まだ包みをほどいていない。クリスマスのお楽しみにとっておくんだって。

宝来家ではツリーは飾らないけれども、暦さんが自分の背丈ほどもある大きなツリーの絵を描いて、玄関ホールの壁にかかげた。その下に大ぶりのカゴをいくつかならべてある。みんなのところへとどいたプレゼントはここにまとめておくんだ。

はじめのうち、ノリマキは大きなカゴに興味を示さなかった。ところがいくつかのプレゼントが配達され、カゴと小包のあいだに適当な「すきま」ができたとたん、「大発見！」したかのように目をかがやかせてもぐりこんだ。

いまも、カゴのへりから顔だけだして、ご満悦の表情でおさまっている。なぁにが楽しいんだか！

宝来家の玄関ホールは、ほとんど桜川《さくらがわ》くんのためにあると云ってもいい。玄関わきのクローゼットも、桜川くんの専用みたいになっている。もちろん、ほかの人もつかうし、お客さまにもつかってもらうんだけど、おかあさんも暦さんもだんご姫も、たいてい勝手口から出入りする。

このごろはテコナさんや、セイシロウ農園のリカさんも勝手口へ直行してくる。顔なじみのご近所さんや配達の人も勝手口だ。いかめしい玄関扉よりそのほうが気楽だし、窓ごしに台所も見えて、なかにいる人にもすぐ気づいてもらえる。留守のときにも伝言ができるように、メッセージボードもそなえつけてあるんだよ。

扉には、にゃんこの顔がついた鋳物製のノッカーがくっついていて、ドアホンのかわりに鳴らすんだ。意外と奥まで聞こえるよ。それは、おかあさんがパリの蚤《のみ》の市《いち》で見つけて買ってきたものなんだって。ちょっと顔がコワイから、ノリマキは「なかった」ことにして通りすぎる。

いつもよりちょっとおそい午前十一時すぎ、おかあさんが起きてきた。けさの五時ごろ、ぼくたちがカガミさんに朝ごはんをもらおうとしているときに、おやすみ〜って云いに台所によったあとで寝室に向かったんだ。そのときはまだ窓の外も真っ暗だった。冬の夜は長いね。

きょうのおかあさんの朝食は、きのこたっぷりの炊きこみごはん。ちょうど早めのランチを食べて出かけようとしていた暦さんがつくっている。

おかあさんは、ごはんが炊けるのを待つあいだに「コマコマ記」の原稿にとりかかった。いかにも自分で料理したふうに書いている。

《寒い季節には、なんといってもきのこ料理がおいしい。しめじなどは、夏のものよりずっと香りがよくて、花のような甘い匂いがする。だから、しめじをたっぷりつかった炊きこみごはんも、香ばしくておいしい。

炊くまえに、きのこをささっと、炒めておく。ネギ油をつかうと、いっそう香りがひきたつ。ネギ油はかんたんに作りおきできるから、人にもすすめている。ニンニクをつかいたいけど、食後に外出するからやめておこう、なんていうときにとっても重宝する。

冷蔵庫に保存できるくらいの、ややたっぷりめの容量がある瓶《びん》を用意する。六〇〇〜七〇〇ミリリットルくらいのがいい。長ネギ一本を斜め切りにして、その瓶に詰めこむ。ハーブソルトをふりかけて天日干ししたネギをつかうと、さらに味がよくなる。そこへ菜種油でもコーン油でも、好きな油をそそぐだけ。ネギがすっかり浸かるくらいまで。菜種油に、ゴマ油などをブレンドしてもよい。翌日には、もうネギの香りのついた油になる。もちろん、ネギごとつかってもかまわない。

これさえあれば、たいていの炒め野菜は味つけいらずで、おいしく食べられる。塩をふる必要なんてない。しょう油もいらない。だから、塩分をひかえたい人にはうってつけ。

深めのホーロー鍋にネギ油をひいて熱したところへ、しらすぼしをくわえ、カラッと炒める。そうすると、できあがりのごはんにコクがでる。つづいて、きのこを炒める。きょうは、しめじとエリンギ。どちらも冷凍しておいたのをつかう。

きのこ類は、たくさん買いこんで冷凍しておけるすぐれもの。どんな料理にもあうし、もうちょっとおかずのボリュームをだしたい（でも体重が気になる〜）ってときにも助かる。

しめじはイシヅキをとって手でほぐし、エリンギは、ちょっと厚めの輪切りにしたのを冷凍しておく。どうして輪切りなのかは、あとでのお楽しみ。

さて、きのこに火が通ったら、たっぷりめのお酒、しょう油であじつけをする。これはいつもの炊きこみごはんのかげんでかまわない。でもネギ油をつかっているから、しょう油をひかえめにしても、じゅうぶんなうま味がでる。さっと、きのこにからめてザルにあげてとりだす。のこったスープを計量カップではかる。

白米を炊くときよりすこし少なめの水分量になるよう、足りなければ水を足してホーロー鍋にもどす。洗って水きりしておいたお米をくわえる。洗ってすぐに水きりしたお米を、つかうまえにもう一度三十分くらい水につけておく人もいる。

わたしは、直前に三十分くらい水きりしたのをつかう。たぶん、お米の産地や、炊きあがりの好みでちがってくるのだと思う。あるいは、もっと科学的な根拠があるのかもしれないけれど、わたしはいまの炊きかたでじゅうぶん満足している。

ホーロー鍋でそのままごはんを炊く。まずは、強火にして水分と米だけで沸騰させる。ぶくぶく泡がたったところで、お米をひとまぜして、ザルにあげておいたきのこをくわえる。それからふたをして、中火で五分ほど炊く。ことこと音がうるさくなってきたら、弱火にしてもう五分くらい。さいごに、強火でよぶんな水分を飛ばし、火をとめて十五分くらい蒸らす。

音に耳をそばだて、泡の吹きぐあいをときどき気にしながら炊けば、ほとんど失敗しない。蒸らし時間はだいじだから、とちゅうでふたをあけないこと。

ほら、できあがり！

深皿に盛って、たっぷりいただく。お好みの香味野菜をきざんでふりかけてもよい。エリンギはふっくらほくほく。ホタテかも、なんて思えるぐらいの味わい。輪切りにして冷凍するのは、このためだ。ほんもののホタテはくさみを消すのにちょっと下ごしらえが必要だし、生を買ってきたら、すぐに使わなければいけない。冷凍だと、あのグレーズを水洗いする手間もかかる。そこへゆくと、エリンギなら世話なし。それにお安い！》

勝手口で「こんにちは〜、野菜をもってきましたよ、」と声がした。セイシロウ農園のチカ子おばあちゃんだ（セイシロウのおかあさんで、リカさんのお姑さん）。なんとユリアもくっついてきた！

「あら、チカちゃんじゃないの。めずらしい。ユリアちゃんもいらっしゃい。幼稚園はお休みなの？」おかあさんは、ふたりをお茶に招待した。おかあさんとチカ子おばあちゃんは、高校の同級生なのだ。

「息子たちは地元の年の瀬市に出張販売で出かけてるから、かわりにわたしが配達してるの。おまけにインフルエンザがはやって、孫たちのかよっている幼稚園がお休みなのよ。うちのちびさんたちは、さいわいまだかかってないんだけどもね。紺三郎《こんざぶろう》はおじいちゃんとおるすばん。盆栽をおそわってるの。あの子はなんだか、そういうのが好きなのよ。」

「盆栽もひとつの宇宙だもの。奥深さに惹かれるんじゃない？」

「どうかしらね。わたしは、おままごとの一種のような気がするわよ。」

ユリアが台所にやってきた。水筒持参で、それを肩から斜めがけにしている。カガミさんは音楽を聴きながら新しい料理の試作や、作りおきのピクルスなんかをつくっていたが、ユリアに気づいてヘッドホンをはずした。

「なにかおやつをつくろうか？　リクエストがあればどうぞ？」

「おまかせで。」

なんてきどってる！

ユリアは背の高いカウンターチェアによじのぼって、そこへすわった。そうすると、ふつうのイスよりも背が高くなって、気分がいいらしい。いつもおしゃれなユリアは、きょうはスコティッシュブルーのタータンのチュニックに、ポンポン飾りがついたオフホワイトのニットレギンスだ。内がわがモコモコしたブーツをはいてやってきたが、それは勝手口にぬいである（ノリマキが目をつけたのは云うまでもない）。

　カガミさんは、洋ナシのホットスムージィをつくった。凍らせたくだものと豆乳でつくる夏向け冷製おやつのレシピを、常温のくだものにかえてつくる。くだものは、りんごでもバナナでもいい。豆乳といっしょにフードプロセッサーでぶわんぶわんっとまぜる。そのとき小さじ半分くらいの酢をくわえるのがポイント（冬には極上の黒酢をつかうといい。なぜかというと、黒っぽいたべものはからだを温める効果が白っぽいものよりも高いんだ。聞いた話だけどね）。

　もちろん、好き好きで冷たいスムージィにしてもいい。カガミさんは、電子レンジで器ごとちょっと温めた洋ナシに、ふんわりとスムージィをのせて、スプーンをそえてユリアにすすめた。

　ユリアがそれを食べているあいだに、カガミさんはカロリーをメモしてリカさんにファクシミリを送る。ノリマキもとなりのマルコさん家《ち》でゴチになったときは、「きょうは○○と＊＊をおやつに食べました」ってリボンをつけてもどってくる（このごろのノリマキは、おとなりのちびマロコと遊ぶんだ。弟分ができたみたいで、気にいっているらしい)。カガミさんはそのリボンを見て、よく朝のノリマキのごはんを調節している。でないと、クマおじさんみたいに、おデブちゃんになっちゃうからね。

　そのころ、小食堂ではお楽しみ会のことで話がはずんでいた。チカ子おばあちゃんが、会場を農園のシクラメンのハウスにしてはどうかと、提案している。

「お楽しみ会のころには出荷が終わってしまうから、テーブルをおくスペースもできるわよ。持ちより会なんだから、広いキッチンが必要なわけじゃないでしょ。リカさんのキャブコンがあれば、じゅうぶんじゃない？　タマネギもOKよ。うちの猫は身内以外の女子は苦手でね。抗議の家出をすることはあっても、見慣れない女の人がいたら、近づいてこないの。おとなりの庭に逃げこんで、遠巻きに文句を云うのが関の山。女子の気配が消えるまで、もどってこないわよ。だから、タマネギ料理もニンニクも青ネギも、好きなだけどうぞ。」

「なるほど！　そうよね。なにもウチでなくてもよかったんだ。ハウスなんて、ちょっとオツじゃない？　星空が見えるかも。」

「それは無理。透明のビニールじゃないもの。直射日光があたらないようにできてるの。もっと庶民的に屋台のかんじよ、たぶん。」

　おかあさんとチカ子おばあちゃんは、すっかり盛りあがって、会場はセイシロウ農園の園芸ハウスときまった。

当日は、ユリアの歌謡メドレーとハコちゃんとココナちゃん姉妹のデュエットの「おひろめ」もあるらしい。もしその会場が宝来家だったら、タマネギ問題のあるなしにかかわらず、プチ家出をもくろみたい気分だよね。チカ子おばあちゃんのハウスがあいていて、ほんとラッキーだった。


お楽しみ会の当日は土曜日で、カガミさんは朝食のしたくだけを担当して、晩ごはんのマカナイはお休みをもらった。だから早《さ》っちゃんが誘いにきて、ふたりでどこかへ出かけていった。

だんご姫は、台所で料理をつくっている。お楽しみ会は、参加者それぞれが〈おすすめの料理〉を一品持ちよることになっている。つくったものでも、買ったものでもいい。もちろん子どもは料理をもってゆかなくていいのに、ハコムスメ&ココナン姉妹がクッキーを焼くという話を小耳にはさんだだんご姫は、俄然《がぜん》、ライバル心を燃やして自分も料理を持ちこむことにしたのだ。

カガミさんにおそわったカンタンでおいしい一品で、ハココ姉妹に勝つつもりでいる（べつに、順位がつくわけじゃないのに）。塩コショウした鶏肉の細切《こまぎ》れを冷ごはんにのっけて、そのうえにネギときのこをたっぷりのせ、スープをまわしかけて蒸しあげる。熱々を食べるのがおいしいので、下ごしらえをしてチカ子おばあちゃんの園芸ハウスに持ってゆく。

下ごしらえといっても、具をきざんでごはんにのっけるシンプルな料理だから、だんご姫は材料をそろえるだけでいい。カガミさんの秘伝のスープもペットボトルにつめて持ってゆく。

このスープがなにしろ絶品なんだ。カガミさんが手羽肉を煮こんでつくった、コラーゲンたっぷりのスープなんだよ。ゴクゴク飲みたくなるくらい、おいしいよ。ネギのかわりにおかかをのせて蒸したのは、ぼくたちの朝ごはんにもなる。

午前十一時、暦さんが運転する車におかあさんとだんご姫が乗りこんで、セイシロウ農園に向けて出発した。ぼくとノリマキは留守番だけれど、ジャン＝ポールがいるから遊び相手には困らない。

それに、シッターさんも来てくれた。ミス・オイサの弟のユージさんだ。この人は獣医さんの卵で、ふだんは北海道の大学の研究室で勉強している。大学の冬休みで東京の実家に帰省しているところをミス・オイサから声がかかり、にゃんシッターをひきうけてくれることになったのだ。いまはジャン＝ポールと将棋をしている。つまり、ユージさんは霊感が強いんだ。

きょうはマダム日奈子のアトリエでも集まりがある。だから、ぼくたちがうっかりまぎれこまないように、玄関ホールと通じている扉には鍵がかけてある。けさ、暦さんがそう教えてくれた。ぼくとノリマキはそれをたしかめるために、一応、アトリエに通じる扉をカリカリしてみた。あかなかった。暦さんが、うそじゃなかったでしょ？　という顔で笑った。

ジャン＝ポールは、どこからか持ちだしてきた古いコーヒーサイフォンを小食堂のテーブルにおいた。ポコポコと音をたて、よい薫りをあたりにただよわせている。アトリエと通じる扉の鍵がカチャ、と音をたてた。ぼくとノリマキはそれを聞きつけて、のぞきにいった。ちょうど扉がひらくところだった。マダム日奈子があらわれて、「こっそり抜けてきたの。」とほほえんだ。

扉がひらくときに、アトリエのざわめきがもれた。ギターの生演奏があって、とってもにぎやかだ。細身の黒のロングドレスをかっこよく着たマダム日奈子は、ビーズの刺しゅうがついたバレエシューズのような小さな布製のくつをはいて、玄関ロビーのじゅうたんのうえを、あるいてゆく。

首から背中にかけてと袖のところが、きらきらする糸で刺しゅうをした薄い生地になっていて、それが廊下のあかりをあびて光りかがやく。銀のしずくが細い糸をつたって流れるようで、とってもきれいだ。マダム日奈子は小食堂にはいった。

ジャン＝ポールかユージさんのどちらかが、ちょうどいま将棋の駒をパチンと鳴らした。

「あら、あなた、またいらしてたの。どうりで、昔なつかしのコーヒーの薫りがすると思った。カガミさんのいれるコーヒーもおいしいけれど、現代的よね。そこへゆくと、あなたのいれたコーヒーはレトロよ。おなじ豆でもね。ごちそうになってもよいかしら？」

「どうぞ、どうぞ。」

立ちあがろうとするジャン＝ポールに、マダム日奈子は優雅な手つきで待ったをかけた。

「いいのよ。自分でつぐから、勝負師はすわっておいでなさいな。」

マダム日奈子はカップをだしてきて、サイフォンのコーヒーをついだ。

「静かな午后だこと。」

「きょうは、おじょうさんたちがそろって留守なんだよ。セイシロウ農園のハウスでお楽しみ会がひらかれているんだ。だから、ちびっこたちのお相手をしようと思って来てみたら、ちゃんとシッターさんがいたのさ。獣医の山尾《やまお》先生の弟さんのユージだよ。」

ジャン＝ポールは、ユージさんをマダム日奈子に紹介した。ユージさんは、将棋盤のまえでかしこまって、はじめまして、とおじぎをした。といっても、対局中もずっとかしこまっていたんだけど。

ユージさんはめがね男子で、そのフレームが四角いのとシンクロするみたいに、四角ばったからだつきの人だ。紺色のシンプルなセーターを着ている。それがよく似合う人でもある。髪は短くて、頭のかたちがいい。

「この若さで、惜しいこと。」

マダム日奈子が云う。

「縁起でもない。この人はまだ、そっち岸の人だよ。」

「だとしたら、かなりめずらしい人だわね。」

「日奈子さんとおなじくね。世の中には、たまにこういう人たちがいて、ぼくのような者が退屈しないですむんだ。」

「それは、よかったこと。で、あなたはこのおじいさんが何者かご存じなの？」

マダム日奈子はユージさんにたずねた。

「ジャン＝ポールさんじゃないんですか？」

「……ということは、猫語も話すわけね。このおじいさんをジャン＝ポールと呼ぶのは、ここにいるおちびさんたちだけだもの。」

「獣医さんの卵だから、とうぜんだよ。」ジャン＝ポールが云う。

「ムッシュウには、べつのお名前があるんですね。」

「いいのよ、なんだって。好きな名前で呼んでかまわないの。なぜって、この人はもうこの世に籍がないのよ。自由人なの。……って、あなた、若いのに動じないのね。」

「鈍いんですよ。」

「ほんとうに鈍い人は、自覚できないものよ。あなた、女子にモテそうね。たぶん、その自覚こそないのでしょうけど。世のなかって、そういうものよね。ごちそうさま。いい息抜きができたわ。おあつまりの幹事役には、避難場所がいるのよ。」

マダム日奈子は、にこやかに手をふって、アトリエへ去っていった。

午后五時ごろ、カガミさんと早っちゃんが外出からもどった。年末の土曜日の街は人いきれで息苦しかったようで、はやめに引きあげてきたのだ。カガミさんはユージさんから、べつに変わったことはなかったと報告を受けた。ジャン＝ポールと将棋をした話になり、カガミさんはだれのことかわからずに首をかしげた。

晩ごはんをどうするかという相談をしている。シッター役を終えたユージさんは、ミス・オイサからの電話で誘われ、セイシロウ農園にいくことになった。カガミさんは、宴会好きの早っちゃんがいっしょにいきたそうにしているのを察して、ユージさんを道案内してくれれば？とうながした。

早っちゃんは、そうだね、とうれしそうに応じて、ユージさんとつれだって出かけた。そうそう、早っちゃんも女子だっけ。

ふたりを送りだしてしまうと、カガミさんはめずらしくそのままリビングにいって、ソファにもたれかかった。ほんとうに、くたびれているみたいだ。ぼくもノリマキも、できれば温かいお茶をいれたり、毛布をもってきたりしてあげたいけど、カガミさんの部屋は半地下にあって、毛布をくわえて階段をのぼってこなくちゃいけないから、無理なんだ。

ジャン＝ポールはいつのまにか、いなくなっている。どうも滞在時間に制限があるらしい。ナントカ星人みたいだな。

こんどマダム日奈子が休憩にあらわれたら毛布を頼もうと思いついたぼくは、カガミさんにだっこをしてもらいたそうなノリマキをつれだして玄関ホールへいった。そこで、アトリエへ通じる扉がひらくのを待つつもりだったんだ。

そんなとき、玄関のほうで扉をあける音がした。鍵を持っているだれかが帰ってきたのだ。おかあさんたちなら、勝手口からはいってきそうだけど、と思っていると、あらわれたのは桜川くんだった。

「どうした？　おそろいで人待ち顔をしてるな。ちびっこだけでお留守番なのか？」

アトリエの扉ごしに音楽と笑い声がもれてくるけれど、宝来家のほうは廊下のダウンライトがともっているだけで、台所も小食堂も暗い。

ぼくとノリマキは、桜川くんに頭をなでなでしてもらいながら、「うみゅもむにゃにゃも（カガミさんのようすが変なんだよ）。」と訴えた。

「腹がすいているわけじゃないよな？」

「んにゃ、」

「暖房もはいってるってことは、だれかいるんだな。」

ぼくたちはリビングのほうへ駆けだした。桜川くんもあとからついてくる。カガミさんはさっきのままソファにもたれて、うたた寝しているみたいだ。でも、桜川くんの気配に気づいて目をあけた。すぐそばでのぞきこまれたからだ。

「……先輩、」

「だいじょうぶか？　おつかれみたいだな。」

「少し。早っちゃんと街へ買いものに出たら、どこも大混雑で。」

「年末の土曜日なんだから、あたりまえだ。コマキさんたちは出かけてるのか？」

「お楽しみ会でセイシロウ農園にいってます。暦さんと曜《ひかり》もいっしょに。だから、マカナイもお休みで、なまけていたところです。……先輩が土曜日の夕方に家にいるなんて、めずらしい。」

「このあと、画廊でカクテルパーティがあって、着がえにもどったんだ。」

「……そうですか、」

「軽く食事もしようと思ってね。すきっ腹で酒を飲むと悪酔いするたちだからさ。勝手につくらせてもらっていいかな。」

「どうぞ。でも、ごはんは炊いてないんです。冷ごはんならあります。それと、冷蔵庫に豆腐がすこし、あとは冷凍してあるきのこぐらいです。きょう、コマキさんたちが持ちだしてしまったので。」

「それでいいよ。本格的に腹ごしらえするわけじゃないから。」

ぼくとノリマキも、台所へくっついていった。桜川くんが台所に立つなんてめったにないことだから、ここはぜひとも見物しておかなくちゃ。カガミさんもそうしたいところだろうけど、動くのが大儀《たいぎ》そうだから、かわりに見物して報告するんだ。

よく見えるように、シンクにのっかった。ノリマキもキッチンスツールをつたって、どうにかよじのぼった。包丁から離れていろ、と桜川くんに云われたので、ノリマキは窓辺にへばりついている。桜川くんの口ぶりは、いかにも先輩というかんじだから、ちびすけとしては絶対服従しなくちゃ、と思うらしい。

桜川くんはだんご姫が台所の扉のフックに吊るしたままにしていた〈まっ鯨《くじら》〉のエプロンを「ちょっと拝借、」と云って身につけた。

まずは、お豆腐をすのこにのせて水きりをする。そのあいだに、土鍋に冷ごはんと水をいれて煮つめてゆく。それから、フライパンでしらすぼしを乾煎りする。香ばしく火がとおったら、一カップの水をそそいで、きのこをくわえ、しょう油と酒で味つけする。桜川くんはネギ油をつかわなかったけど、レシピとしては、カガミさんのとおなじだ。

「不思議だと思ってるだろ。うちの母親も、松寿司の先代のマカナイを家庭料理に応用していたんだよ。うちのじいさんは、松寿司の味がひいきだからね。」

ふうん、そうなんだ。桜川くんのおかあさんは、ミャーコさんだよね。料理もつくるんだ。すごく忙しい人らしいから、そういうことはしないのかと思った。まだ一度も逢ったことがないんだ。

水きりしたお豆腐を、座布団みたいに切りわけて、それぞれ両面にたっぷり片栗粉をまぶす。これを煮立ったお湯のなかに放すと、片栗粉がかたまって豆腐のまわりに水晶衣ができるんだ。それを器に盛り、きのこ炒めに片栗粉でとろみをつければ、あんかけ豆腐のできあがり。

桜川くんは、それとはべつに、土鍋で熱くなったごはんがふつふつと泡を吹きはじめたところへ、水晶衣をまとった豆腐の座布団を沈めた。そのうえへ、冷凍庫から見つけだしたおぼろ昆布をふんわりのせた。炒りごまとか、海苔《のり》とか、あられもちでもいいんだって。どれもおじいちゃんが好きそうだから、松寿司のマカナイ料理をまねたにちがいない。

二品とも桜川くんが食べるのかなと思ったら、水晶豆腐を沈めた土鍋はカガミさんのところへもっていった。悪魔の本領発揮だね。これで下心があるならまだしも、たんなる親切だとしたら、かなり始末が悪いよ。

「それ、風邪の前ぶれだぞ。滋養になるものを食べておけ。」

なんて、云ってる。きょうのカガミさんの電気系統の具合はどうかな。

「……埋《うず》み豆腐ですね。」

「へえ、ここの家ではそう云うのか。風流だな。」

「松寿司では、夏のあいだは水晶豆腐のやっこにして、冬になると粥に沈めて埋み豆腐にするんです。仕出し料理屋なので、型くずれしにくい工夫をしてあるんです。」

「なるほど。たしかに、冬場は水晶豆腐より、埋み豆腐と云ったほうが温かみがあるかもしれない。」

お、なんだか、きょうはまともな会話をしているぞ。この調子でいけばいい感じに、と思っているところへ、おじゃま虫が帰ってきた。だんご姫である。お楽しみ会に子どもが参加できるのは午后八時までなので、テコナさんのダーリンがハココ姉妹を連れて帰るついでに、だんご姫を送ってきてくれたのだった。

「ただいま。……あれ、カガミはどこか具合が悪いの？」

「ちょっと人込みで気疲れしただけだよ。あしたには治る。」カガミさんが云う。

「ふうん、」

だんご姫は、そこであらためて状況を観察した。エプロンをしている桜川くんとソファで横になっているカガミさんを交互にながめている。

「わたしって、もしかしてとんだおじゃま虫だった？」

あたり。あえて桜川くんにたずねているところが、だんご姫らしい。

「そういうこと。せっかく、静かに語らっていたのに。」

桜川くんも、悪魔らしく答えている。

「カガミはなにを食べてるの？　それって、もしかして桜川くんの手料理？」

「料理ってほどじゃないな。でも疲れ気味のからだには、これでけっこう効果があるんだ。カホルもよくつくるだろう？　桜川家の定番だから。水晶豆腐を粥にうずめたのだよ。ここのウチでは、埋み豆腐っていうらしいけど。」

「カホルンのは、ト・ウフ・ア・ラ・ステーキだよ。」

「ト・ウフ……なんだそりゃ？」

「豆乳と卵をまぜた液にくぐらせた水きりのお豆腐を、うすくバターをひいたフライパンで焼くの。それを、そのまま食べたり、お粥にいれたり、クスクスのうえにのっけたりする。名づけて、ト・ウフ・ア・ラ・ステーキ。豆モンのなかでも傑作なんだ。ステキでしょ？」

し〜んとなる。ぼくは、あえてカポリンに座布団五枚！進呈するけどね。

そういえば、マドモアゼル・ロコがオムレツをつくりながらウフ、ウフってささやいていたのは、卵のことだったんだ。

ちなみに、ほんとうのフランス語だと、お豆腐は大豆のチーズって云うんだって。

桜川くんが着がえに去ったあとで、カガミさんはおいしそうに水晶豆腐をたべていた。めでたし、めでたし。

8. *Midwinter*

冬ごもりのマキ

里芋と油あげと切り干し大根の煮もの
カニのポンポン玉（にゃんごはん）
金柑寿司
＋
ベイクドチョコレート&チョコレートケーキ

だれでもいいから、くっつきたいくらい寒い季節になった。それで思いだしたけれど、去年のニューイヤーシーズンに空港でマドモアゼル・ロコとはぐれたとき、ぼくとノリマキが最初に見つけた〈ぽかぽか〉は、航空会社の職員の人が屋外作業のときに着る防水ジャケットのモコモコしたポッケだった。

事務所のイスの背にそのジャケットがぶらさがっていて、白くてあったかそうなボアがフラッグみたいにはみだしていた。ぼくもノリマキもそこへ突進した。いまよりずっと体が小さかったから、いっしょにおなじポッケにもぐった。ほかほかして気持ちよくなって、そのまま眠っちゃったんだ。目をさましたら、ジャケットがゆらゆらブランコしていた。

持ち主さんが、空港での仕事を終えて家に帰るところだった。とっても大きい人で、だからジャケットのポッケも大きくて、それでぼくたちはすっぽりもぐることができたんだ。ボアさんって呼ぶことにした。

マイカー通勤のボアさんは、車に乗りこむさいに着ていたジャケットをリアシートへ、ぽん！　と放りなげた。そのはずみでポッケから転げ落ちたぼくは、びっくりして文句を云った。でも、カーステレオの音が大きくって、ボアさんは気づかなかった。

やがて、車はにゃんこのペイントをした建物のなかにはいった。そこはホテルつきペットサロンで、ボアさんは車をおりて、ひとりのマダムと話をした。まもなく、シャンプーしたてのいい匂いをさせた女の子があらわれた。クリーム色のコートに真っ白なグローブをはめている。爪までぴかぴかだ。ぼくたちよりちょっと年上のかんじ。マダムにさようならってあいさつをして、ぼくたちがいる車の後部座席に、しゃなりと乗りこんだ。ベビーピンクのクッションが指定席らしい。ボアさんの車はふたたび走りだした。

女の子と目があって、だれ？　ってきくから、「マーブルとチョコ。」って答えた。そのころは、そういう名前だったからね。初対面の〈おんにゃの娘《こ》〉のなかには、理由もきかずにいきなりひっぱたく娘がいるけど、この女の子はそんなこともなく、気さくで、さっぱりした性格だった。

「ふうん、わたしはルネ。このクリーム色のコートがお月さまみたいに輝くからよ。」だって。たしかに、つやつやの真珠のようなゴージャスなコートだ。それに素敵な青い眼のおしゃれさんである。

「あなたたちって兄弟なの？　うちにはエクレアとシャルロットっていう姉妹がいるの。来てもいいけど、闘う？」

「だれと？」

「だから、うちの姉妹とよ。チャボなの。わたしは姉妹がヒナのときに毛皮であたためてあげた恩人だから尊敬されているけど、彼女たちって向こうっ気が強くて、新入りとはかならずケンカするの。エクレアは頭が焦茶色で、からだはキツネ色。名前の由来は説明しなくてもわかるわよね。シャルロットも、頭のてっぺんがお菓子のシャルロットみたいにマーガレットの花のかたちなの。そういう突然変異だから。」

どうする？　ってきくから、ぼくは車をチェンジすることにした。アマゾネスと闘うなんて、ありえないよ。ルネ姐《ねえ》さんはボアさんが電話を受けるために路肩へ停車したすきに、パワーウインドウをあけてくれた。

「またね、おちびさんたち。ヒッチハイクするなら、道路じゃなくてサービスエリアへいきなさい。にゃんこ好きのドライバーなら乗っけてくれるわよ。ポーズはわかってる？　……こうよ。」

と云って教えてくれたのが、招き猫のポーズだった。でも、ノリマキは片手をあげるポーズではバランスがとれなくて、バンザイになった。しかも、そのまましりもちをついた。

すべてのにゃんこに生まれつきのバランス感覚がそなわっていると思うのは誤解だよ。そうじゃないんだ。ぼくたちだって経験や練習が必要なんだ。

たとえば、ブロック塀のうえを歩くなんてこと、にゃん族ならお茶の子さいさい、と思うかもしれないけど、そもそもブロック塀のうえまでのぼるのはたいへんなんだよ。背筋を鍛えなくちゃできないんだ。まさか、ひとっ飛びにジャンプするとは思ってないよね。垂直の壁をのぼるワザがあるんだよ。

放浪生活をはじめたころ、ぼくはちびっこだったから、ブロック塀や石塀によじのぼるワザはまだ習得していなかった。マドモアゼル・ロコの家ではクロスを張った壁には爪をたてられないように、チクチクする腰巻をとりつけてあった。それで、壁には近よれなかったんだ。クライマーを気どっても、カーテンのぼりがせいぜいだった。

放浪猫になってからは、ブロック塀のうえをスタスタ歩いている先輩をつけまわして、どうやってのぼるのかを観察した。シャクトリ虫みたいな動きで足をそろえてのぼるのかと思っていたんだけど、ほんとうは、カエルみたいに手脚をひろげてひらたくなり、塀におなかをくっつけて、手と足を交互にすばやく動かしてのぼるんだ。なんだか、こっけいだよね。でも、実際そうなんだ。

みんなが学校や仕事に出かけたあとは、おかあさんが起きてくるまで、〈ぽかぽか〉がなかなか見つからない。ぼくとノリマキは、家のなかのひだまりを求めてさすらった。お昼ごろに、やっとおかあさんが姿を見せた。

小食堂のテーブルについたおかあさんのところへぼくたちが寄ってゆくと、「湯たんぽ、おいで～、」と手招きしてる。おかあさんも寒がりなんだ。ひざかけをポンとたたいて、ここへどうぞ、とモモのところにあるポッケの口をひろげた。ほんとうはカイロをいれておくところなんだって。

その日は、昼を少し過ぎたころにだんご姫が学校からもどってきた。きょうはお弁当を食べてすぐ下校する短縮授業の日だったんだ。学校かばんを置くなり、小食堂のイスに腰かけた。豆モンをとりだして、なにやらむずかしい顔をしている。

「お年玉の袋をポチ袋っていうでしょ？　その場合のポチと犬のポチはちがうの？　それともおなじ？」

「またまた難題を持ちこむわね。自分でも調査してみたの？」

「コマコマ記」の下書きをしていたおかあさんは、原稿用紙の端っこでペンをグルグルした。インクの出が悪いみたいだ。ちなみに下書きはいつも手書きなんだ。テコナさんに渡すぶんはパソコンで入力するんだよ。だんご姫のひたいに細かいシワがよった。頭を悩ませているからだ。

「調べたけど、人によって意見がちがうんだもん。犬の名前のポチはフランス語のプチの訛《なま》りだと云う人もいるし、英語のプーチの訛りだという人もいる。そうじゃなくて、アメリカ人のあいだで犬の名前としてポピュラーなスポッティの訛りだと云う人もいる。」

「いまにはじまったことじゃないのよ。わたしが子どものころから諸説あって、定説はないの。だって試験に出るような問題じゃないし、べつに命にかかわるわけでもないもの。どの説なら、なっとくできるかということでしょ。曜《ひかり》はどう？」

「それが、どれもピンとこないんだなぁ。こじつけみたいで。」

「そんなときは、建物の横や裏へまわってみるのよ。ながめる角度を変えてみるの。すると、意外な発見があるものよ。気づかなかった点検用の小さな扉や、小皿ほどしかない明かり窓を見つけるなんてことが。ポチをローマ字でつづるとpochiでしょう？　これって、ポーチとも読める。化粧ポーチというときのポーチで、ポケットや小袋のことよ。英語ならpouchだけど、フランス語だとpocheとつづるの。筆記体で書いてみて。pochiと区別がつかないでしょ。ポチということばは、小さな点をあらわす語として昔から日本語のなかにあった。中世の日本人も〈・〉や〈〫〉をポチと読んだの。でも、小袋の意味と結びついたのはフランス語のpocheの影響じゃないかという気がするのよ。発音はちっとも似ていないけど、文明開化のころの人たちが、筆書きの辞書で勉強したと想像してみて。〈poche 袋〉って書いてあるのをポチ袋って読んで暗記したとしたらどう？　語呂がいいわよね。いっぽう犬のポチだけど、〈・〉をポチと読んでいたくらいだから、どうやらブチとかかわりがありそう。でも、日本に古くからいる秋田犬や土佐犬や甲斐犬はブチ犬じゃない。狆《ちん》はブチといえばブチだけど、ポチと呼びたくなるような点々もようじゃないわ。南蛮人がポインターを持ちこんでいたかもしれないけど、ことばに反映されるほど庶民の目にふれたとは考えにくい。ブチといってすぐに思い浮かべるのは、むしろ猫でしょう？　ポチと呼ばれていた猫も、いっぱいいたはずよ。猫の名前としても可愛いじゃないの。夕マもポチも猫の名前だったと思う。犬なら、昔の日本人は黄金《こがね》丸とか千代丸とか、そういう名前をつけたんじゃない？　女の子の犬には、つんっていうのもいるけどね。日本人がブチ犬を知るのは、これまた文明開化のときに持ちこまれた狩猟犬を見てからのことじゃないかな。ブチ犬をはじめて目にした日本人が犬の名をたずねたら、飼い主のイギリス人だかアメリカ人だかが Spotty と答えたのが、ポチって聞こえたって説で、だいたい正しいような気がする。だから、はじめの曜の質問にもどれば、ポチ袋のポチと犬のポチは、外国語の訛りだという点ではおなじってことになる。これはあくまでも個人的な意見だけどね。……ちょっと休憩。」

おかあさんは台所へあたらしいお湯をわかしにいった。ぼくも、すとん、と床へおり、くっついてゆく。ノリマキはおかあさんの前ポッケにおさまったまま、くるんとまわって顔をだした。「ぷはっ、」と息をつく。まるで水のなかにもぐっていたみたいだ。

「うはあ、」

だんご姫もあっぷあっぷしている。盛りだくさんのことばで、おなかいっぱいというかんじらしい。

「なっとくした？」

そう訊かれて、こんどはふうっと息をついた。「ことばの海でおぼれそうだぁ。」

だんご姫は、たくさん書きこんだ豆モンを持って、二階の自分の部屋へひきあげた。いれかわりに、勝手口からテコナさんがあらわれた。

「あら、おはやいこと。まだ、できてないわよ。」

おかあさんの手もとの原稿用紙は真っ白だ。余白には、いっぱい書きこみがあるんだけど。ポチとかブチとか。

「わかってますってば。ちょっと教えてもらいたいことがあって寄り道したんです。里芋の煮っころがしのことで。豆といっしょに煮ても、けんちんにしても、どうしても、子どもたちに敬遠されてしまうんだもの。」

「かたいところが残るから？」

「あたりです。」

「むずかしいのよね。ふっくら煮るのは。でも、それなら、セイシロウ農園へ訊きにいったほうがいいんじゃない？　ベジベジマニアのリカさんが、お子さまむけのレシピつきで教えてくれるはずよ。」（だよね！　おかあさんは自分で料理しないから、ほんとうは知らないんだもんね。テコナさんは誤解してるけど）

「それが、セイシロウファーマーズはそろって旅行中なんですよ。この時期なら一家で休みがとれるからって。しかもはるばる宮崎県の青島《あおしま》まで。温泉があってサーフィンができて、海と山の幸がたっぷり、だそうです。海彦山彦の神話のところですよね。」

「へえ旅行中なの。知らなかった。」

「宣言して出かけると、人のうわさがよからぬ人の耳に届いて空き巣を招くこともあるだろうから、こっそり行ってくるねって、リカさんが。おみやげは、まかしておいてくださいって。」

「なるほど。……でテコナさんとしては、子どもたちに里芋をよろこんで食べてもらいたいわけだ。」

「そうなんです。でも、わたしが作ったのはごりごりしておいしくないと云うんです。たしかに、子どものころに食べた母の煮っころがしとは、だいぶちがいます。母のは粘りがあって、とろっとしていたんですけど、どうしてもあんなふうにとろけない。」

「おかあさんに電話して、コツを訊きだしたらいいじゃないの。」

「洗ってお鍋にいれて、だしにおしょう油をさして煮るだけよって、それでおしまい。そうじゃなくって、水かげんとか火かげんとか、もっと初歩的なことを訊きたいのに、なんだか、おたがいに照れちゃうんですよね。お料理の本には、糠《ぬか》をひとつかみいれると白く上品にしあがる、なんて書いてありますけど、ふっくらさせるコツは書いてないんです。企業秘密ってことかしら。小学生のころから部活に明け暮れして、ちっとも台所の手伝いをしなかったわたしが悪いんですけど。」

「それじゃ、『コマコマ記』に書く?」

「ぜひ、お願いします。」

テコナさんは、頭から腕まですっぽりかくれるようなショールで身じたくして、勝手口から北風にむかって去っていった。おかあさんはさっそくカガミさんに取材した。左がその成果。

《混雑しているようすのことを、芋を洗うようだと云う。夏休みの海辺を取材するテレビレポーターがよく口にする。でも、若手のレポーターは芋を洗う光景なんて日常生活のなかで見たこともないはずだけどなあ。まさか台所の流しで五つ六つの芋を洗う場面と、海水浴場を結びつけているのでもないだろうに。

自分のことばを持たない人は、この手の慣用句をなんの疑問もなしにつかって平気な顔をしている。

ついでに、芋といったら何イモを思い浮かべる？　と若い人に訊いてみた。たいていジャガイモという答えが返ってくる。二番目に多かったのがサツマイモだ。

好きな芋料理も、肉ジャガやポテトサラダ、ポテトフライ、大学芋、焼き芋と、名前があがるのは、ジャガイモとサツマイモの料理ばかり。ためしに、芋を洗うようだ、と形容するときの芋は何イモ？　と訊いてみた。

この結果を、うちの父や母にきかせたら、さぞかしびっくりするだろう。一番多かったのはサツマイモだった。二番目がジャガイモ。いまの東京でも、ちょっと郊外へいけば里芋畑はいくらでも目につく。ああ、それなのに、芋の代表として里芋の名をあげる人が、こんなにも少ないなんて！　山芋はさらに少ない。もしかしたら、山にたいする里って意識もないか。

山芋も里芋も先史時代から食べていることが確実な、人間とのかかわりがもっとも古い食物なのに。

わたしは、里芋が大好き。でも、かつて子どものお手伝いの定番だった芋洗いは大キライ。冷たいし、退屈だし。実家は仕出し料理屋なので、芋洗いは日課のようなものだった。家の裏手にあった小川で洗う。

東京S区といえば、いまでこそ典型的な住宅街だけれど、むかしはそこらじゅう畑ばかりだ。牛や馬もいた。養豚場や養鶏場もたくさんあった。川の支流で芋を洗うのは商家の子にかぎらず、ふつうの家庭でも冬場の子どもの仕事だ。

里芋は泥つきのまま近くの農家から仕入れてくる。外側のもしゃもしゃした根っこを泥といっしょに洗い流す。そのあとザルにいれてゴシゴシこするのだけれど、水の流れで回転するカゴをつくって、川まかせにしている人もいた。ともかく、ザルやカゴのなかで何十個もの芋がひしめき、こすれあって細い根っこと泥のかたまりがとれる。それが芋を洗う、なのだ。

里芋は水に浸けっぱなしにしておくと硬くなる。ひとたび硬くなってしまったら、いくら時間をかけて煮ても蒸しても、やわらかくならない。洗った芋は、ぬれたまま放置したり、水に浸けたりしてはいけない。

根と泥がとれたらすぐ水からとりだして、水分を布でよくふきとる。実家の松寿司《まつずし》では、仕出し料理につかう里芋は、薄皮をむきながら面取りして形をととのえて煮ものにする。でも、自家用なら薄皮はむかずに、そのまま蒸すか茹《ゆ》でるかする。

里芋の薄皮と云われてピンとこない人もいるだろう。おおかたの人は、里芋の皮は分厚いと思っているはずだ。それは食べる部分までむいてしまっているだけの話。

そもそも、ぬめりをイヤがる人もいる。けれど、あのぬめりこそ、里芋のうま味のもとで、食物繊維の宝庫でもあるのだ。イギリス人の書いた料理本に、オクラはヌルヌルが出ないように茹でるのがコツなんて書いてあった。それじゃなんのためにオクラを食べているんだか、と思うけれども、乾燥地帯に住んでいる人は、ぬめりやヌルヌルが苦手らしい。むろん、オクラのヌルヌルも食物繊維。

わたしは里芋と切り干し大根と油あげを煮たのが大好き。しらすぼしを鍋で炒ったところへ水をそそげば、それでだしになる。しょう油で味かげんして切り干し大根と油あげを煮る。べつの鍋で、皮つきのまま丸ごとの里芋をひたひたの水につけ、中火でコトコト煮る。

まるごとだと、四つか五つをやわらかくしあげるのに三十分はかかる。時間を短くしたいときは、小さい里芋を選んで買ってくる。蒸し鍋で蒸してもいい。硬くならずにちゃんと火が通った里芋は、生のときよりひとまわりくらい、ふっくらする。指でつまめば、つるんと皮がむける。薄い皮なんだなあ、とわかるはずだ。

里芋はやわらかくなりすぎても、煮くずれしない。家庭料理のときは、くたくたになってもかまわない。ねっとりしてくればしめたもの。食べやすい大きさに切って、切り干し大根と油あげを煮ておいた最初の鍋にいれる。

里芋を煮るのに砂糖をつかう人がいるけれど、大根の甘みだけで十分。でも、子どもに食べさせたいときは、もうひとつ奥の手がある。無糖の甘酒をくわえるのだ。米《こめ》麹《こうじ》の甘みと大根の甘みと里芋の甘みがほどよくなじんで、なんともおいしい。子どものころ、わたしはこれが大好きだった。おとなが酒粕いりのけんちんを食べるとき、子どものぶんは甘酒でつくる。発酵食品だから、からだもあたたまる。

酒といっても、酒粕とちがって甘酒にアルコール分はないから、子どもでも安心だ。ごはんとの相性もよく、ポタージュとしてスープ皿に盛りつければ、朝食のパンにもぴったり。寒い朝の一杯は、からだを温めるのにもよい。

とにかく、肝心なのは泥つきのままの里芋を買ってくること。洗ってあるのは、ダ

メ。水に浸けてあるのはもっとダメ。》

宝来家《ほうらいけ》の門には、なぜか表札がない。でも、門は半分くらい、いつもあけっぱなしだ。事情通のミスター・クロネコはそこからはいって勝手口へまわってくる。そっちに人がいるのを知っているんだ。

ふつうのお客さんは、家のなかの気配をさぐりながら、おそるおそるはいってくる。玄関扉のところまでくれば、壁にドアホンがついている。だけど、ここにも表札はない。だれの家か確認できないから、ちゃんとした人ほど押すのをためらうんだ。

いっぽう、おとなりのマダム日奈子《ひなこ》のアトリエの玄関には〈Atelier Hinako〉と表札が出ている。思い悩んだあげく、そちらをピンポンする人もいる。でも、マダム日奈子は昼ごろにならないとアトリエにやってこないので、午前中は応答がない。

ぼくとノリマキは、うろうろしている人を見つけたら、「勝手口へどうぞ」って云いにいく。でも、めったに通じないんだ。

それで、このごろはだんご姫の字で「勝手口へおまわりください←」と書いた紙を、玄関扉に貼ってある。

いまも、玄関先を見なれないマダムがうろうろしている。ちょっとした山歩きで着るみたいなヤッケ姿だ。それも緑色の地に、アクセントで白線のはいった交通標識みたいなのだよ。ボトムは黒のスラックス。背中にはデイパック。

マダムは、だんご姫が書いた紙に目をこらしている。近づいて、じっくりながめたり、すこし後ろへさがって、腕を組んでうなずいたりしている。

ぼくとノリマキは「勝手口は玄関の左手を建物にそって曲がったところです。」って教えてあげようと思って、マダムに近づいた。ちょうどそのとき、アトリエの外階段を桜川《さくらがわ》くんがおりてきた。平日の昼まえなのに。

きょうは仕事に出かけなかったのかな？　でも、ビジネスス一ツを着ているし、いつもより大きめのかばんをさげているから、どこかへ出張するのかもしれない。マダムに気づいて、左手の勝手口へまわってみるといいですよ。留守ではないはずですから。と遠くから声をかけた。

「アナタココノウチノヒトデスカ。コノカリグラフィ、スピリトュアル、モダーン、ディナミク。ワタクシ、タイソウキニイリマシタ。」

桜川くんはちょっと沈黙した。マダムをあらためて観察したうえで、ふだんとちがう口の動かしかたで、なにかを早口に云った。するとマダムもコキコキした口調をやめて、ほわっとしてエレガントなしゃべりかたになった。でも、なにを云ってるのかはわからない。

　桜川くんは自分の鍵で宝来家の玄関扉をあけて、マダムを招きいれた。ぼくとノリマキもいっしょに玄関ホールへはいってゆく。桜川くんはマダムにイスをすすめて、カガミさんを呼びながら台所をのぞきにいった。

〈停留所にてスキトンを喫す〉の文字が白抜きになったエプロン姿のカガミさんが、玄関ホールにあらわれる。すると、マダムはセ・ボンと云いながらイスから立ちあがった。エプロンの字も気にいったみたいだ。

「こちらのマダムは、曜が書いた〈勝手口へおまわりください←〉の文字を気にいって、ゆずり受けたいと云っている。悪いけど、あとをたのむ。これから出張なんだ。」

　そう云うなり、桜川くんはあわただしく出かけていった。返事をする間も与えなかった。残されたカガミさんは、いつもの落ちつきはらった顔で（ということは、桜川くんに頼まれたわけのわからない用件に、実はトホウに暮れているのだと思ったほうがいい）、マダムと向かいあっている。

　マダムはにっこりした。カガミさんは玄関の外へいって〈勝手口へおまわりください←〉の紙をはがしてくると、玄関ホールにある来客用のテーブルのうえにおいた。

「どうぞ、お持ちください。紙で包みましょうか？」

マダムは、ほれぼれしたようすで張り紙をながめている。カガミさんは、包むものをさがしてきます、と声をかけて家の奥へいった。

「あら？　そこにいるのはミカサじゃないの。いつこっちへ来たのよ。」

二階からおりてきたおかあさんは、顔をあらったばかりの、さっぱりしたようすだ。寒くなっていちだんと起きる時間がおそくなっている。マダムの表情がほぐれ、声をだささずに手をふりながら駆けよってゆく。おかあさんを訪ねてきたんだね。

「コマキ！　ワタクシ、ケサツイタノ〜。」

「ロランにはもう会ってきたの？」

「マダ。ヤキンアケデヒルスギマデネルカラ、ユウガタニシテクレッテ。デモ、ルネノオムカエヲタノマレタワ。ヤキンノトキハ、ペットサロンヘアズケルラシイノ。」

「そのほうが留守番させるより安心だものね。で、うちの子たちを紹介するわね。」

カガミさんが、ちょうど紙袋をもってもどってきた。

「あそこのエプロンをしてるのが息子のカガミ、小さい子たちは、チマキとノリマキ。」

おかあさんは、ヤッケのマダムに向かってそう云った。カガミさんがあいさつをするのにつづいて、ぼくもコンニチハをした。ノリマキもおじぎをした。

「オリコウ、オリコウ、」

マダムは、ぼくの頭と耳とほっぺをひとまとめにするみたいに、あったかい手でなでなでしてくれた。ノリマキもおなじようになでてもらって、それがスゴく気持ちよかったらしくて、ぐうぐう云ってる。

「このマダムはね、パリの大学で日本のサブカルチャーを紹介する講座を持っているミカサよ。この人のおとうさんが日本かぶれで、だけど日本語にくわしいわけでもなく、日本文化の専門家でもない。そんな人がふたりの娘に日本風の名前をつけたの。本人のつもりではね。音の響きが気にいって選んだらしいんだけど、あいにく日本式だとファミリーネームがさきにくるのを、その当時は知らなかったの。この人の妹さんはミクニっていうのよ。おかしいでしょう？　まあ、ミカドなんてつけなかっただけでも、幸いってものね。孫のロランが生まれたときもはりきっていたらしいけど、ゲンジって口にしたとたんに却下よ。こんどはちゃんと下の名前を選んだ（つもりだった）のに古すぎたわね。」

　ミカサのおとうさんは、ずいぶん愉快そうな人だ。おかあさんの話も止まらない。留学中は、そのおとうさんが所有するアパートの部屋を借りていたんだって。美術学校の生徒だったミカサもそこに部屋があって、ふたりは友だちになったんだ。すご～

く昔の話だって。エンドレスになりそうなおかあさんの話の間隙《すきま》を、カガミさんはどうにかとらえた。

「……コマキさんから、説明してもらえるかな。マダムは、曜が書いたこの張り紙を買いたいと云うんだけど、これは売りものじゃないし、ここに書いてある日本語の意味を知ったら、気が変わると思うんだ。」

「そんなことないわよ。ミカサは日常会話にこまらないぐらいには日本語ができるし、ちょっとは読めるもの。てにをは、は苦手なんだけどね。日本人と結婚して日本で暮らすつもりが、クドーさんがアメリカ勤務になって、そうしたらまもなく離婚しちゃったのよ。」

おかあさんはしゃべりながら、ミカサの肩ごしに玄関ホールのテーブルのうえにある張り紙をのぞきこんだ。

「たしかに、勝手口はいまどき通じないかもしれない。台所だって、どうかという時代だものね。おかって、と云う人がまだいるのかしら。そういえば、わたしが子どもだったころは、おとなの女の人たちが、ちょっとスネてみせるときに、おかってさま、なんて云ってた時代もあった。おあいにくさまとか、はばかりさまっていうのと、だいたいおなじ……って、どれも絶滅してるわね。曜が豆モンにメモりそう。六

○年代の話よ。タイトなスカートをはいて、ブラウスは袖のふくらんだドレッシーなのを着て、髪は逆毛をたててふくらませ、まつげがいまと同じくらいに重要だった時代。つけまつげをごはん粒でつけてたって話よ。信じられる？　でもそれがいちばん、もちがよかったんだって。」

「そうなのよ。でも、はがすときには痛い思いをしたものよ。」なんて、とうとつに口をはさんだのは、マダム日奈子だった。

「ナーコ！」

「ミカサ、あなたこれから森林パトロールでもするつもり？」

「クライミチヲアルクノニ、メダツデショシ、アタタカイ。タカオサンニノボルノニモピッタリ。」ミカサは『ミシュランガイド』をとりだした。

「この季節の高尾山はおよしなさいな。スギ花粉がいっぱいよ。フランス人も花粉症は多いってきいたけど。」

「ワタクシハダイジョウブ。」

マダム日奈子も、だんご姫が書いた張り紙をつくづくとながめた。

「なるほどね。これ、作品としてかなりいいんじゃない。モダンよ。張り紙だから、こうは曜も力をぬいてサッと書いたんでしょうね。うまく書こうなんて欲がでると、こうはいかないものよ。マットを切ってパネルにしたら、白い壁紙に映えるわね。ミカサのパリの家はまさにそれ。ちょっとテクスチュアの変わった貝がらみたいな柄の壁紙が貼ってある。この人、どこへでもこんな森林パトロールみたいなかっこうで出かけるんだけど、ほんとうは裕福なのよ。おとうさんって人は、田舎にシャトーを持ってるんだから。カガミさん、あなたちゃんと商売なさいよ、高く買ってくれるわよ。」

マダム日奈子は、カガミさんをそそのかした。

「樹《いつき》さんは曜の書を売るのは好ましくないと思っているみたいだけど。」

するとマダム日奈子は、ふふふ、と笑った。

「ジェラシーなのよ。樹も書はじょうずだけど、アーティスティックじゃないの。実用的っていうのかしらね。曜のはもっと型破りよね。でもね、あの子はまだ何者でもないから、それができるの。なにかになろうと意識すると、表現も小さくなるのよ。だから、子どもの描くものをむやみにアートあつかいしてはいけないの。樹はおとなとしても父親としても正しいことを云ってるのよ。だけど、絶対ジェラシーもあると思う。自分にはないものを認めているだけにね。」

ジェラシーかぁ。マドモアゼル・ロコと暮らしているころは、ありふれたことばだったけど（ロコが電話で友だちとおしゃべりしているときはとくに）、そういえば宝来家では、とんと耳にしなくなっていた。ここの家の人は、なんだかみんな調子はずれだからね。

〈勝手口へおまわりください←〉の張り紙を包んでもらって御満悦のミカサは、マダム日奈子やおかあさんといっしょにランチを食べにでかけた。商売っ気のないカガミさんは、どうぞお持ちくださいって、だんご姫の書をロハにしちゃった！

台所でカガミさんがチョコレートをとかしている。これも、ぼくとノリマキが口にしてはいけないものだから（といっても、レッドバックのドクロマークがつくほどじゃない）小食堂で遊んでおいでって云われて、ドードーさんのイスの座布団のうえでノリマキとくっついて香箱《こうばこ》をつくった。刺し子のカバーは、洗濯したてで、いい匂い。ちょうどそこだけ、天窓から陽がさしこんでくる。ひだまりに、ほっこり。うとうとする。

だれか来たら、ひざのうえに乗っけてもらいたいなぁ、と思っているとき、ドアホンが鳴った。ちょうど二階からおりてきた暦《こよみ》さんが玄関扉のドアスコープをのぞきにいった。

「おや、めずらしい。美弥子《みやこ》さんじゃないの。」鍵をあけて、お客さんを迎えいれた。ミャーコさんと聞こえたので、ぼくとノリマキも興味がわいて、玄関へかけつけた。スノーホワイトのシンプルなニットに細身のデニムがすばらしくよく似合うこの人が、カポリンと桜川くんのおかあさんのミャーコさんなのだ。

起きぬけのノリマキは、寝ぼけてミャーコさんの足もとへおデコで突っこんだ。

「あらあら、大丈夫？　うわさの兄弟ね。やっと逢えた。はじめまして。わたしは美弥子よ。どうぞよろしくね。」

びっくり。ミャーコおばさんと名前がいっしょだから、で～んとしたからだつきの福々しいおかあさんを想像していたら、ぜ～んぜんちがってた！　日常的に着物を着ている人かと思ったけど、それもはずれた。

ふだん着なのに、すごくおしゃれに見える。メッシュのはいったライトブラウンの髪を肩よりちょっと長めにふわっとさせた細身の人だ。玄関のイスにすわって、かっこうよく脚を組んだ。スミレみたいに青みがかった紫のモカシンをはいている。ノリマキはそのフリンジに目をつけて、手をそっとのばしては、ひっこめる。またもや、イキモノだと思っているみたいだ。ミャーコさんは、モカシンをはいた足をゆらして、ノリマキの遊び相手になってくれた。

「日奈子さんに見てもらいたいものがあったんだけど、お出かけみたいね。」

「さっきまで、声がしてたけどなあ。二階にいて、姿を見たわけじゃないけど大根そばとシャモ鍋とどっちにしようかしらって、あの声はたぶん日奈子さんだった。」

ふたりの会話を聞きつけたカガミさんが台所から顔をだした。

「日奈子さんなら、母とお昼を食べに出かけたんです。そろそろもどるころだと思います。パリから遊びにきたミカサさんもいっしょに。」

「ミカサが来てるの？　シャモ鍋？」ミャーコさんがたずね、カガミさんがうなずいた。

「それは、残念。もうひとあし早く来ればよかった。きょうはお昼を食べそこねているのよ。いっしょにいきたかったなあ。」

「なにか作りましょうか？」

「いいのよ、聞きながして。ありがとう。それよりこの香ばしいチョコレートのほうが気になるな。そういえば、もうじきヴァレンタインデーだものね。カガミのつくるチョコレートケーキは絶品だって話よね。」

するとカガミさんは表情こそまったく変えなかったけれど、耳のところがほんのり紅くなった。暦さんも台所をのぞきこんだ。

「たしかにいい匂い。だけど、きょうのはチョコレートケーキじゃなさそう。」

「曜のリクエストで、ベイクドチョコレートの試作をしているんです。彼女が手作りできるように、簡単なレシピにして。」

「手作りチョコレートをあげたいなんて、本気モードね。」

「女子会だと云ってました。」

「どうだかねえ。それはカムフラージュじゃない？」

そう云っているところへだんご姫があらわれた。〈まっ鯨〉と〈お姫さま〉モードのエプロンのどちらにするか迷ったあげく、〈お姫さま〉を選んだ。

「美弥子さん、こんにちは。」

だんご姫は、ミャーコさんの孫だけれど、おばあちゃんとは呼ばないんだ。おばあちゃんって云うと、五百円の罰金をとられる。その五百円は貯金箱にいれて、いっぱい貯まったらミャーコさんが美容と健康のためにつかうんだって。

「ヒカブーがチョコレートを手作りするお年頃になったなんて、わたしも小じわが増えるはずよね。」

「ナッツ入りのチョコレートは老化防止効果があるってカホルンが云ってたよ。だから、卵やクリームはなるべく食べないようにするけど、チョコレートはひかえないんだって。」

そんな話をしているところへ、おかあさんとマダム日奈子とミカサの姦《かしまし》熟女がもどった。ミャーコさんとのあいだでにぎやかにあいさつが交わされた（これがまた、ミャーコおばさんがご近所さんと、おひさしぶりね、おでかけ？　ちょっとそこまで遊びにゆくの。なんていうやりとりを交わすのとそっくりなんだ）。

小巻おかあさんは「たいへんだ。トリトリさんが来ちゃう。原稿を書かなきゃ、」と二階へあがっていった。トリトリさんというのは、翻訳の原稿をとりにくる出版社の、鳥谷さんのことだ。

ほかの人たちは小食堂へ移動した。顔を突きあわせて世間話をするには小食堂のテーブルのほうが都合がいいのだ。ミャーコさんはさっそく「これを見せたかったの」と提げてきたバッグのなかをさぐっている。これはなかなか出てこない。

「うちの義父《ちち》は小夏《こなつ》が大好きでしょ。あれは収穫時期がみじかくて、関東の店頭には出まわらないから、秋のうちに予約して二月になったら産地直送してもらうのよ。それを届けてくれるトラックのドライバーも毎年おなじ人。宮殿みたいな電飾をつけたトラックに乗ってね。五、六歳のマント猫がいっしょなの。背中が黒でおなかが白の。顔も奇術師のマスクみたいに半分だけ黒で名前はルパンよ。それとフサオマキザルのジョナサン。手先が器用で訓練すればハンディキャップがある人のちょっとしたお手伝いもできるサルなの。そのトラックがこのあいだ小夏を配送してくれたんだけど、そのときにね、ルパンにあいさつしたら、今年はやけにおしゃれな首飾りをしているのよ。刺しゅう編みのリボンで、わたしの大好きなスミレ色。それが日奈子さんの作品みたいに凝ったリボンなの。それで、ドライバーにどこで手にいれたのか訊いてみたのよ。そうしたら、声をひそめて実は……って。レストランのパーキングで仮眠をとって目をさましたら、ルパンがいつのまにかその首輪をつけていたってことなの。これってリボンが豪華なだけじゃなくて、ペンダントトップもちょっと珍しいクリーム色にクリームのモアレがはいった瑪瑙《めのう》よ。ドライバーはガラス玉だと思っていたって云うの。もう、あずかるしかないじゃない？　届けが出ている盗品だったら、あなたも罪になるわよって脅したの。……それがこれ」

なんて、ちょっと長い前置きにつづいて、ミャーコさんはビロードの巾着《きんちゃく》のなかから、ようやく見つけだしたこれをとりだした。リボンのついたペンダントだ。

ああ、びっくり（きょうは、おどろいてばかり！）。旅芸人風のおじさんとジョナサンの消息を、こんなところできくなんて。しかも、おじさんにゆずったぼくのビジュつきの首輪まである。

「ペンダントの裏にMarbleって刻印があるの。もともとの持ち主の名前かもしれないし、どこかのお店の名前かとも思ったんだけど、これだけじゃ手がかりにならなくて。」

マダム日奈子はリボンを受けとって、ちょっとながめただけで「わたしが作ったリボンにまちがいないわ。これは銀座のブティックにおいているぶんよ。そのお店で、十センチ単位で測り売りしているの。だから、だれかがこの Marble って猫ちゃんのために買っていったってことでしょうね。」

「みゃうみゃも（そうだよ）。」マドモアゼル・ロコがリボンと瑪瑙を買ってきて、自分で作ったんだ。瑪瑙はぼくのマーブルもようとそっくりだから、気にいったんだって。ぼくは、いっしょうけんめい説明した。

「……おやおや、なあに？　この子がなにか知ってるみたい。わたしは猫語がわからないのよ。だれかわかる人は？」

ミャーコさんがそう云ったとき、ちょうどジャン＝ポールがあらわれた。廊下で手招きしている。いつものとおり、マダム日奈子だけが気づいて「ちょっと失礼」と云いながら廊下へ出ていった。みんなは化粧室へいくんだと思って目で追わない。それが礼儀だからね。だから、マダム日奈子がジャン＝ポールと話しているところをだれも見ていない。

ミカサはなにか思いついたことがあるらしく、さっきから自分のデイパックのなかをごそごそかきまわしている。まもなく、目的のものを見つけた。ミャーコさんよりだいぶ早かった。一冊の手帖だ。ほっと息をついて、手帖をひらいた。はらり、とはさまっていた紙が落ちる。

にゃ〜んと、ぼくに頬ずりしてるマドモアゼル・ロコの写真だった。まだノリマキが生まれるまえの、小さいときの写真だけど、おなかのキャラメル&クリームケーキみたいなもようが、ぼくだってことをあらわしている。

「あれあれ〜?」最初に気づいて声をあげたのは、だんご姫だった。「これって、もしかしてチマキ? それとも兄弟かな? チマキとそっくりの柿あんこのもようがある。」(だから、柿あんこじゃなくて、キャラメル&クリームケーキだってば!)

「チガイマス、チガイマス、コノマドモアゼルハ、ロコ。ワタクシノギャルリデハタラクヒト。ニホンゴノリフレットノホンヤク、カンコキャクノツウヤク。トキドキ、アニメノウタウタイマス。フリツケシテ。ガクセイタチノバルニヨバレテ、オオウケデス。」

なあんて世界はせまいんだ。マダム日奈子がジャン゠ポールとのないしょ話からもどって、こんどはミカサの話を聞きとってくれた。それによれば、ニューイヤーシーズンの乗降客で混雑する空港で、マドモアゼル・ロコはぼくたちをお友だちにあずけて飛行機に乗った。なのに、そのお友だちが家でキャリーバッグをあけたらからっぽで、ぼくたちの姿はどこにもなかったんだって。ごめんね、急な話だったの、と云うマドモアゼル・ロコの声を聞いたのが最後で、あとはバッグのなかで眠っちゃったんだ。目をさましたら、制服のおじさんたちに囲まれていた。バッグの留め金がはずれて、はずみで外へ転げたのかな。

おじさんたちが迷子の放送をしたり、電話をしたりしているあいだに、トイレに行きたくなった。ノリマキといっしょに外の廊下へ出てトイレをさがして歩きまわって、やっと用を足したら、こんどはもとの場所へもどれなくなっちゃったんだ。ドアがあったから入りこんだところがモコモコポッケのジャケットを見つけた部屋だったんだ。

マドモアゼル・ロコはぼくたち兄弟の手がかりをさがしてほしいって、日本へいくミカサに頼んだのだ。

日曜日の午后、家族会議がひらかれた。お別れ会をしなくちゃいけないかも、なんておかあさんが、しんみりしている。だんご姫は「マキマキはうちにきてからのほうが長いんだから、もううちの猫ってものじゃない？」と云ったが、暦さんは、長さじゃないからねえ、と溜め息をついた。

だけどこの件はまもなく解決した。マドモアゼル・ロコが、とうぶんはパリでがんばるつもりだから、マーブルとチョコはこれまでどおり宝来家の仲間にくわえてやってください、と云ってきたのだ。呼び名も、チマキ&ノリマキでいいんだって。

おかあさんも、ほっとしたぁ、とよろこんでいる。そこへ、九州まではるばる出かけていたセイシロウ農園の一家が、帰りがけに立ちよった。

「おみやげで〜す。ここの家は加工品やお菓子より、こっちのほうがいいと思って。」といって勝手口に、金柑と冷凍カニをどっさりおいた。おかあさんが、ちょっとあがっていけば、と云ったけれど、飛行機でハイになってハシャギすぎたユリアと紺三郎がもうぐったり眠っていたので、「どうにかおふろにいれて、はやく寝かせなきゃ。」と大急ぎで帰っていった。

「それじゃ、今夜は黄金色《ゴールド》のめでたい寿司でお祝いかな？」

カガミさんが、おかあさんにそう云っている。金柑をつかった黄金のお寿司らしい。

「チマキたちには、あしたの朝、カニをつかったスペシャルごはんをごちそうするよ。」だって。わ〜い、楽しみ。おみやげのカニはワタリガニの仲間なんだけど、甲《こう》羅《ら》のもようがタイガーマスクだから、トラガニという別名があるんだって。ぼくには、トラの毛皮のパンツに見えるんだけど。

ノリマキは「とら？」と、ちょっと怖がっている。だから、トラが「さんぼ」をつかまえようとしてグルグルまわったあげく黄金色のバターになって、「さんぼ」がそのバターでパンケーキを焼いて食べた話をきかせたんだ。ノリマキはバターが大好きだからね。

だんご姫はヴァレンタインデーをひかえて、本番のベイクドチョコレートを作りはじめた。暦さんが横からのぞきこんでいる。

「へえ、ダークチョコレートをとかして、パンケーキミックスをくわえるだけ？　それをオーブントースターで焼くの？　ほんとうにかんたんなんだね。」

カガミさんは、クリームのしぼり袋をだして花の口金をくっつけた。

「ひと手間かけて、とんがり帽子や星形や薪形につくると、小さくて気のきいたベイクドチョコレートになるんだ。スミレの砂糖づけをのせたり、アラザンで飾ってもいいし。」

「で、だれにあげるのよ。」これは、暦さんからだんご姫への質問だ。

え。」

「ないしょだよ〜。」

「鯨《くじら》先生でしょ。師匠なら、ホワイトデーに十倍くらいのものを返してくれるもんね

だんご姫のベイクドチョコレートが焼きあがり、こんどは金柑寿司づくりがはじまった。応援に呼ばれた早《さ》っちゃんとカガミさんとだんご姫で、茹でこぼした金柑の皮をむいている。年長組が葉っぱのかたちにそいだ金柑の皮を、だんご姫がキッチンバサミで細切りにしてゆくのだ。

おかあさんは、「コマコマ記」に金柑寿司のことも書きくわえた。

《わたしが子どものころの金柑は、真ん丸ではなくタマゴ形の、皮は甘いけれど実は酸っぱくてそのままでは食べられない品種しかお店にならばなかった。だから氷砂糖をいれたお酢に漬けてサワードリンクにしたり、ハチミツに漬けて喉の薬にしたり、そういう食べ方をしたものだ。

いまは、温州《うんしゅう》みかんとおなじく、びっくりするくらい甘くなった。真ん丸の品種は皮ごとまるかじりできる。それはそれでありがたいけれど、昔ながらの金柑もあったほうがいい。

ハチミツや酢に漬けこんだり、マーマレードにしたりするときは、粒の大きさをそ

ろえてパック詰めにしたものより、大きさはまちまちでも、袋いりで安く売られているのがほしいのだ。

この季節ならではの金柑料理といえば、金柑寿司だ。柑橘類と酢めしは相性がよい。ほかの柑橘類でつくってもおいしいのだけれど、もともと皮を食べるものである金柑だからこそ、皮にほんのりした甘味があって香り豊かな寿司になる。

まぜ寿司というと、きのこや根菜もくわえたくなるけれど、金柑を味わいつくすなら具は金柑だけにして、ほんのりした甘みとさわやかさを堪能《たんのう》したい。

わたしは一度茹でこぼしてから皮をむいて細切りにする。シャキシャキしたほうが好みの人は、生のまま皮をきざんでもよい。いくつかは薄く輪切りにして、しあげの飾りつけにつかう。だって、お寿司は見た目もだいじだから。

皮をむいた残りはだしパックにいれて、エキスをぎゅっとしぼる。このエキスは酢めしの甘酢をつくるさいお酢とまぜあわせる。しぼりかすは、お風呂にいれて入浴剤がわり。

甘酢は昆布だしでつくる。だしをひくのは、わたしも苦手。だからここで奥の手をご紹介。水出しにすればよいのだ。お寿司を昼につくるなら前の晩から、夜につくるなら朝から、瓶に汲《く》みたての水を用意。そこに五センチ角くらいの昆布を一枚いれて、ふたをする。それを冷蔵庫で冷やしておくだけ。

これは昆布と花かつおのだしをひくときにも応用できる。ついでに豆を煮るときも、しょう油、砂糖、酒で調味した水に豆をひと晩つけて、そっくり鍋にうつして煮ると手間がはぶける。

ただし、この方法は小豆《あずき》では意味がない。小豆は水につけておいても水は吸わないので、洗ったらすぐに煮はじめるものなのだ。つまり、急に思いたって煮ることができる。金時豆や花豆や黒豆のように前の晩から水につけておかなくともよい。

さて、金柑寿司のつくりかたのつづき。

ご飯が炊きあがったら、炊きたてのうちに盤台にひろげ、甘酢をまわしかけて、酢めしをつくる。そこへ細切りにした金柑の皮をちらし、輪切りのぶんを飾る。これでできあがり！　お好みで、白きりごまなどを、ふってもよい。

あまったときは煮ふくめた油あげに詰め、いなり寿司にしてお弁当に持っていこう。》

翌朝、ぼくとノリマキはカニのポンポン玉をつくってもらった。おじいちゃん特製のおいしいすり身とカニの身とカニみそをくわえてよくすって、熱いスープをはったお鍋に、大きいスプーンですくってポンポンと落とすから、ポンポン玉なんだ。スープにはもちろん、カニの身をはずしたあとの足や甲羅が放りこんであって、おいしいだしが染みているんだ。湯気だって、おいしい匂いだよ。カニの身が色づいて、ポンポン玉がほんのりピンク色になったらできあがり。

できたては熱々だから、ぼくたちはすぐには食べられない。ノリマキは湯気が出なくなったら食べていいよって云われて、湯気をじっと見はっているんだけど、いつのまにか顔をくしゃくしゃにしている。湯気でくすぐったくて、そんな顔になっちゃうんだ。くしゃみが出そうで出ないときの顔だよ。

湯気が消えて、やっとポンポン玉にありついた。口のなかに、カニの甘みがふわふわっとひろがってゆく。まんぞく、まんぞく。

その日の晩、カガミさんはチョコレートケーキをつくっていた。絶品だというウワサの。でも、もうじき午后十一時になる。こんな時間に？　すると玄関のほうで、そっと鍵をあける音がした。出張に出ていた桜川くんが帰宅したのだ。アトリエの二階へ向かわずに、こっちへ来る。

「匂いにつられて、」と云っている。ああ、そうか。カガミさんのチョコレートケーキが絶品だとミャーコさんに吹きこんだのは、桜川くんなんだ。

「ちょうど焼きたてです。……食べますか？」

「晩メシぬきだけど、こんな時間にケーキはまずいだろ。」

「カロリーのことなら、これは小麦粉をつかっていないから大丈夫ですよ。アーモンドプードルの生地で、軽やかです。長夜の国のイギリス人が、夜更《よふ》けのお茶うけに考えだしたレシピなんです。チョコレートには疲労回復成分のカカオマス・ポリフェノールと食物繊維がたっぷりで、夜食には最適です。」

「講釈はまだつづくのかな、腹ぺこなんだけど。」

「……はい、すぐに、お茶を。」

夜は更けて、小食堂のあかりだけ、いつまでもともっていた。日づけが変わって、きょうはヴァレンタインデーだ。ぼくとノリマキは、そっと退散する。おやすみ～。

解説

藤野千夜

宝が来ると書いて「宝来《ほうらい》」。そんな目出度い苗字を持つ一家のもとに、チマキとノリマキという可愛い兄弟猫がやってきた。チマキは耳が端午《たんご》の節句のチマキみたいにとんがっていて、ノリマキは全身の毛色がチョコレートブラウンで、鼻の先だけが白い。

もともとは違う名前だったけれど、前の飼い主と空港ではぐれ、放浪生活を送っていたところを、宝来家の小巻《こまき》おかあさんの父、元料理人のおじいちゃん（太巻《たまき》さん）に拾われたのだ。

帰る家はすでになく、弟はカゼをひきかけていたから、本当にありがたかったと兄猫は言う。

〈おなかをすかせたぼくたちに、おじいちゃんがふるまってくれたのは、たらのすり身のふわふわ団子だった。たらと山の芋と地粉《じごな》をすり鉢ですって、ふっくらさせたのをスプーンですくって昆布とかつおのだしの澄ましのなかへ落とすのだ。紅いお椀でさましてもらってたべた。〉

なんてやさしいはじまりだろう。ふわふわ団子のあたたかさが、まず読み手であるこちらにすっと伝わってきて、胸にしみる。

本書は、その兄猫、チマキを語り手にする宝来家の一年の記録だ。チマキの記す身近なこと、題して「チマチマ記」。

手狭なおじいちゃんの家から、大きな洋風の家に住む小巻おかあさんのところ、つまり「宝来家」へいよいよ移った兄弟は、それでもあまりあちこち冒険はせずに（弟がまだ階段を上るのに時間がかかるので）、たいていは台所か、廊下の突き当たりにある小食堂で過ごしている。おかげで早春から真冬までの全八章を通じて、本書では折々のおいしいものがたっぷり紹介されることになる。

そのメニューがたまらなく魅力的なのは、すでに本編をお読みの方なら十分おわかりだろう。

たとえば「1．Early Spring　朝ごはん」の冒頭に掲げられたメニューはこうだ。

〈鶏ごぼうのりんご炊きあわせ／しらすぼしふりかけブロッコリー／玄米ごはん〉。

つづく春の昼ごはんは、こう。〈春野菜のドライカレー&黒豆入り玄米ごはん／きのこのピクルス／豆乳チキンスープ／あるいは、半熟いり玉子にクレソンをたっぷりのせた春サンドイッチ〉。

さらに初夏の飲茶《ヤムチャ》パーティーは、こんな具合。〈小さな中華まん、レタスと小えび、または大根とずわいがにの蒸し餃子《ギョーザ》／かぼちゃあん&ドライフルーツの酒まんじゅう／ヒュウガナツのピールの黒糖そばまんじゅう／里芋あんの桃まんじゅう／白滝の中華風サラダ／豆乳の杏仁豆腐《アンニンどうふ》〉。

……などなど。

やー、なんて素敵な生活。ぜんぶ食べたい、食べさせてほしい、と読んでいて思わず興奮してしまうのはもちろん、やっぱり仕事がどんなに忙しいときでも、三度三度のごはんはきちんと用意しなくてはいけませんね、と単身文筆業者の身としては、締切日近くの食卓の惨状を思い返して大いに反省したりもするのだけれど、ともあれ、そんな憧れの宝来家のまかないを一手に引き受けているのが、小巻おかあさんの息子、カガミ青年だ。

停留所にてスキトンを喫す、と宮沢賢治の詩を書いたエプロンをした彼が、旬の食材を使ってふるまう料理は、なかなか手が込んでいて、でも決して気取らず、奇をてらってもいない。むしろ彼にすれば、きっちり手を抜かない、真っ当な料理の範囲だろう。朝採りの菜っ葉が、夕方にクタクタしてくるのはあたりまえだと考える自然体な彼は、食材の特徴や歴史や相性、栄養学にも詳しく、一緒に食卓を囲むみんなにも、惜しまずにその知識を披露する。ぽんぽんとしたカロリー計算に容赦はないけれど、やっぱりエネルギーの過剰摂取を警戒する女性たちを気づかったメニューも、きちんと考案してくれる。

素晴らしい。

猫のチマキが「チマチマ記」を書く。そのスタイルは、翻訳家の小巻おかあさんが、雑貨店の発行するフリーペーパーに「コマコマ記」というコラムを執筆しているのをがっつり真似したものだ。

天然の愛されキャラ、ティーポットの中に落ちて、すっぽりはまり込んでしまったり、モミガラをのぞき込んで溺れるようなドジも可愛いノリマキのことをよく見守りながら、同時に小巻おかあさんの仕事の様子や、出入りするたくさんの楽しい客、近所の鳥や猫たちのこと、カガミさんの料理の手順、手際、語るうんちくなんかをいちいち書き記していく。それを「勉強」なんて呼ぶチマキのお兄ちゃんぶりは、かなり微笑《ほほえ》ましい。

もちろんチマキ、ノリマキ兄弟の圧倒的な可愛らしさは、おいしい料理と並ぶこの小説のもう一つの柱になっている。黄な粉の袋に頭を突っ込み、長靴に潜り込み、各章のラストは自分が飾ると決めているようなノリマキの活躍には、犬派の私でもしっかり心を摑まれてしまった。カガミさんが兄弟猫のために「お話」を聞かせながら用意してくれる「にゃんごはん」も魅力的だ。

「チマチマ記」には、たびたび「コマコマ記」も引用される。

庭の草花のことや、おいしいごはんのこと、その他おかあさんの思いついたあれこれを取り上げるというこちらは、一人称が「ぼく」と可愛らしいチマキの語りとはちょっと違い、さっぱり落ち着いた、気づきのある文章で綴《つづ》られている。読めばますます素敵生活に憧れ、おのれの日々のふがいなさに顔を赤らめることになるのだけれど(私が)、そのじつ、料理人の子である小巻おかあさんが、料理をほとんどせず、という人なのは、宝来家の人間と、「チマチマ記」の読者だけが知っている楽しい事実だ。コラムの原稿を受け取りに来る雑貨店のテコナさんだって、その秘密は知らない。

このあたりのずらし方は本当に巧《うま》い、作者の巧みなところだと思う。日々忙しく、ゆとりある生活を望んでいてもできない人だって、くすり、と笑うことができる。ほっとして、でも少しは理想の暮らしに近づきたいと素直に思えるかもしれない。

そしてこの宝来家の大きな特徴は、やはり住人が平均的なひと家族とは違うところにあるだろう。

小巻おかあさんの夫、ドードーさんはすでに亡く、ドードーさんと先妻との間の長男、樹《いっき》さんが今の当主だけれど単身赴任中。

母屋に暮らすのは、小巻おかあさん、実子のカガミさん、樹さんの妹でイラストレーターの暦《こよみ》さん、あとは樹さんの娘で小学五年生のだんご姫も一緒に暮らし、チマキ、ノリマキの兄弟猫と仲良く遊ぶのだけれど、彼女のお母さん、当主の樹さんとは事実婚で苗字の違うカホルさんは、同居せず、仕事でパリを拠点にしている。

さらに母屋と棟つづきのアトリエには、近所に住むドードーさんの先妻（つまり樹さんと暦さんの母）マダム日奈子が毎日通い、その二階には、カホルさんの弟で、カガミさんの中学・高校の先輩でもある若いサラリーマン、桜川くんが間借りしている。

と、関係をいちいちはっきりさせようと試みればややこしいのだけれど、そのややこしさが大きな問題を生じさせているということもないようで、日々はとりあえず平稔に過ぎて行く。せいぜいだんご姫の学校の親子面談に、桜川くんが父親代理で訪れ、その若さに同級生から驚かれるくらい。それだってだんご姫は、自分はおとうさんの十六歳のときの子供で、フランスではそういうのも普通にありなの、等とデタラメな説明をしてきたようだ。

もちろんそういった話も、端午の節句のチマキみたいに耳を尖《とが》らせた猫がしっかり聞いて教えてくれる。

宝来家の人たちは、よく台所を通って、勝手口から出入りする。気がつけば来客の多くまで、そうなっているという。決まって玄関を使うのは、脇のクローゼットで着替えて出かける桜川くんくらいのものだ。

そのほうが人の気配があり、勝手がいいのだ（文字通り）。店屋物《てんやもの》の配達が自然と勝手口に届くことも少なくなったこの時代に、その設定がまたいい。

私はこの『チマチマ記』の単行本をはじめて読んだとき、誰が宝来家を訪れ、どこへ出かけ、どんな服を着、なにをどう料理し、どんな器を選び、どんな会話をし、どう食べたか……細かく教えてくれる全八章が、とてつもなく面白いことに感激した。と、同時に、このやわらかな世界にずっといたいくらい、小さな出来事の積み重ねが心地よかったのだけれど、その印象は、今回の再読でもまったく変わらなかった。なぜか、と考えれば、ここには理不尽な力を行使する人も、無駄に声を荒らげる人もいない。

ささやかな暮らしの楽しみを、なにより大切にする場所では、より小さなもののために、一番弱いものに寄り添うように、ことが運ばれていくからではないだろうか。

だったら「チマチマ」とは、なんて素敵な言葉、あり方だろう。

愛は憎しみに勝つよ、としみじみ言いたくなる。人によく共感し、思いやりを持ち、多様性を認め合う。それはなんと心地よい世界だろう。

カガミさんは同性ながら、桜川先輩のことを密かに好いていて、それを周りの女性たちは当然のように気づき、ときに桜川くんの行いを「悪魔！」と明るくなじりながら、みんなで進展を見守っている。

母屋には、猫たちとマダム日奈子には見えて、他の人たちは気づかない、幽霊らしき老紳士もときどきあらわれる。

カガミさんには男子校で一緒だった、早《さ》っちゃん、という女友だち（見た目は男なので、チマキはちょっと混乱する）がいて、ときどき宝来家を訪れ、ふたりで出かけたり、家でベビーシッターをしたりもする。

じつは以前、『チマチマ記』の書評を雑誌に寄せたときにも書いたのだけれど、私にも同じような「男子校の女友だち」がいて、その友人が二十数年……もう三十年近く前になるのか、薦めてくれたのが、他でもない、長野まゆみさんのデビュー作『少年アリス』だった。

すごくいい本がありましたよ、と丁寧語でいうその言葉に従い、男の子のアリスと友人の蜜蜂、犬の耳丸が夜の散歩に出かける本を開き、その世界にはまり込んだ。

チマキとノリマキの暮らすこの「宝来家」にも、また帰って来たい。寒い夕暮れに拾われてきた子猫たちのように、読者の居場所もここにあるのだ。

やっぱりいいよ、長野まゆみさん、すごくいい。この穏やかで楽しい小説を再読して、あらためてそう友人に伝えたくなった。

本書は二〇一二年六月に小社より単行本として刊行されました。

|著者| 長野まゆみ　東京都生まれ。1988年に『少年アリス』で第25回文藝賞を受賞。2015年には『冥途あり』で第43回泉鏡花文学賞と第68回野間文芸賞をW受賞。おもな著書に『鳩の栖』（集英社文庫）、『ぼくはこうして大人になる』（角川文庫）、『野川』（河出文庫）、『デカルコマニア』（新潮社）、『レモンタルト』（講談社文庫）などがある。近著に『テレヴィジョン・シティ　新装版』（河出文庫）、『あのころのデパート』（新潮文庫）、『フランダースの帽子』（文藝春秋）、『兄と弟、あるいは書物と燃える石』（大和書房）など。

長野まゆみの公式サイト　耳猫風信社
http://mimineko.co.jp/
長野まゆみのブログ　コトリコ
http://kotorico.exblog.jp/

チマチマ記《き》

長《なが》野《の》まゆみ

講談社文庫
定価はカバーに
表示してあります

2017年３月15日第１刷発行

発行者――鈴木　哲
発行所――株式会社　講談社
東京都文京区音羽2-12-21　〒112-8001
電話　出版（03）5395-3510
　　　販売（03）5395-5817
　　　業務（03）5395-3615

Printed in Japan

デザイン―菊地信義
本文データ制作―講談社デジタル製作
印刷―――豊国印刷株式会社
製本―――株式会社国宝社

ISBN978-4-06-293626-2

講談社文庫刊行の辞

二十一世紀の到来を目睫に望みながら、われわれはいま、人類史上かつて例を見ない巨大な転換期をむかえようとしている。

世界も、日本も、激動の予兆に対する期待とおののきを内に蔵して、未知の時代に歩み入ろうとしている。このときにあたり、創業の人野間清治の「ナショナル・エデュケイター」への志を現代に甦らせようと意図して、われわれはここに古今の文芸作品はいうまでもなく、ひろく人文・社会・自然の諸科学から東西の名著を網羅する、新しい綜合文庫の発刊を決意した。

激動の転換期はまた断絶の時代である。われわれは戦後二十五年間の出版文化のありかたへの深い反省をこめて、この断絶の時代にあえて人間的な持続を求めようとする。いたずらに浮薄な商業主義のあだ花を追い求めることなく、長期にわたって良書に生命をあたえようとつとめるところにしか、今後の出版文化の真の繁栄はあり得ないと信じるからである。

同時にわれわれはこの綜合文庫の刊行を通じて、人文・社会・自然の諸科学が、結局人間の学にほかならないことを立証しようと願っている。かつて知識とは、「汝自身を知る」ことにつきていた。現代社会の瑣末な情報の氾濫のなかから、力強い知識の源泉を掘り起し、技術文明のただなかに、生きた人間の姿を復活させること。それこそわれわれの切なる希求である。

われわれは権威に盲従せず、俗流に媚びることなく、渾然一体となって日本の「草の根」をかたちづくる若く新しい世代の人々に、心をこめてこの新しい綜合文庫をおくり届けたい。それは知識の泉であるとともに感受性のふるさとであり、もっとも有機的に組織され、社会に開かれた万人のための大学をめざしている。大方の支援と協力を衷心より切望してやまない。

一九七一年七月

野間省一

講談社文庫 最新刊

茂木健一郎
東京藝大物語
テンサイかヘンタイか？ アーティストを目指す藝大生たちの波瀾万丈の日々を描く！

天祢《あまね》 涼《りょう》
議員探偵・漆原翔太郎
〈セシューズ・ハイ〉
まさかの結末！ 破天荒なイケメン世襲議員が選挙区内の五つの謎に挑むユーモア・ミステリ。

海道龍一朗
室町耽美抄 花鏡
世阿弥、金春禅竹、一休宗純、村田珠光。伝統美を極めた四巨匠を描く傑作歴史小説。

長野まゆみ
チマチマ記
個性的な大家族・宝来家で飼われることになったネコ兄弟のチマキ。人間っておもしろい。

藤田宜永
女系の総督
新しい家族小説！ 母、姉、娘、姪ら女系家族に囲まれたアラカン男・森川崇徳奮闘す！

本城雅人
誉れ高き勇敢なブルーよ
使命は「優勝」、期限はたった「25日」。知略と執念の火花散る、熱きスポーツサスペンス！

山本 弘
僕の光輝く世界
少年に起きたサプライズな変化。見えないのに視《み》える!? 前代未聞、想像力探偵が誕生！

朝倉宏景
野球部ひとり
部員の足りないヤンキー高校野球部が進学校と合同チームを結成。落涙必至の青春小説。

石田 千
きなりの雲
傷ついたからこそ見えるかけがえのない日常。静かに生きる力を取り戻していく〝蘇生の物語〟。

ロバート・ゴダード
北田絵里子 訳
灰色の密命 (上)(下)
〈1919年三部作②〉
大物日本人政治家が隠蔽《いんぺい》する暗い過去とは。裏切り、陰謀が渦巻く傑作スパイミステリ！

講談社文芸文庫

笙野頼子
猫道 単身転々小説集
解説＝平田俊子 年譜＝山﨑眞紀子
自らの住まいへの違和感から引っ越しを繰り返すうちに猫たちと運命的に出会い、彼らと安全に暮らせる空間が「居場所」に。笙野文学の確かな足跡を示す作品集。
しL3
978-4-06-290341-7

岡田 睦
明日なき身
解説＝富岡幸一郎
日本の下流老人社会の現実が垣間見える老作家の日常。生活保護と年金で暮らし、体もままならず、転居を繰り返し、食べるものにも困窮する毎日。私小説の極致。
おY1
978-4-06-290339-4

青木 淳・選
建築文学傑作選
解説＝青木 淳
文学と建築。異なるジャンルでありながら、文学を思わせる建築、そして建築を思わせる文学がある。日本を代表する建築家が選び抜いた、傑作〝建築文学〟十篇。
あW1
978-4-06-290340-0

講談社
文芸文庫
ワイド

不朽の名作を
一回り大きい
活字と判型で

小林秀雄
小林秀雄対話集
解説＝秋山 駿 年譜＝吉田凞生
坂口安吾、大岡昇平、三島由紀夫、江藤淳らと対峙した精神のドラマ。
(ワ)こC1
978-4-06-295512-6

2017年3月15日現在